À une fleur de toi

Marie Monier

À une fleur de toi

Ce livre est une fiction. Toute référence à des événements historiques, des comportements de personnes ou des lieux réels serait utilisée de façon fictive. Les autres noms, personnages, lieux et événements sont issus de l'imagination de l'auteur, et toute ressemblance avec des personnages vivants ou ayant existé serait totalement fortuite.

Les erreurs qui peuvent subsister sont le fait de l'auteur.

Le piratage prive l'auteur ainsi que les personnes ayant travaillé sur ce livre de leur droit.

Crédits
Sous la direction de Émilie Chevallier Moreux
Design de couverture : ©MoorBooks Design
Design de page : ©adobe stock
Correction du texte : Émilie Chevallier Moreux
Contrôle qualité : Catherine Delacauw
Maquette : Blandine Pouchoulin

ISBN : 9782957655113
Dépôt légal : Juillet 2021
Première édition : Juillet 2021
Copyright © 2021 Marie Monier

Voici les chansons qui ont accompagné l'écriture de ce roman :

Flightless Bird, American Mouth – Iron & Wine
Turning Page – Sleeping At Last
Roslyn - Bon Iver & St. Vincent
Love The Way You Lie – Rihanna ft. Eminem
I Need You – James Newton Howard
My Heart Will Go On – Céline Dion
Give Me Love – Ed Sheeran
The Parting Glass – Ed Sheeran
Photograph – Ed Sheeran (Boyce Avenue ft. Bea Miller cover)

Les hommes libres peuvent partir,
et quelques fois ils restent.
Voilà la plus belle preuve d'amour :
prendre la liberté de rester
alors qu'on pourrait s'en aller.
Camille Laurens

Savannah

« *Une rencontre, c'est le commencement du monde.*
En plus beau. »
Jacques Dor

Le jour où j'appris l'existence de Jason Clayton, j'avais sept ans.

Il emménagea dans la maison en face de chez moi un mercredi après-midi. Je me trouvais dans le jardin à tenter de faire de la trottinette sur l'herbe boueuse quand un camion blanc freina le long du trottoir, de l'autre côté de la route. À cet instant précis, je m'arrêtai pour observer ce qu'il se passait, ma curiosité d'enfant prenant le dessus sur toute chose.

Une femme descendit en premier du véhicule, puis un petit garçon la suivit. De longs cheveux blonds cascadaient sur ses épaules, tandis que ceux de son jeune fils se précipitant vers la maison étaient couleur de nuit.

Il courut, tomba, et se releva sans une larme, un sourire béat sur le visage, les yeux émerveillés face à sa nouvelle demeure.

Deux hommes d'âge mûr descendirent à leur tour du camion, et l'un d'eux ouvrit en grand les portes arrière. Il ressemblait tant à l'enfant que je devinai qu'il devait être son père. Il me vit et m'adressa un sourire

chaleureux ainsi qu'un signe de la main. Je le lui rendis, par politesse.

J'avais une irrésistible envie de satisfaire ma curiosité en les rejoignant.

Cependant, on m'avait appris à ne pas avoir de contact avec des adultes lorsque j'étais seule, et même s'ils emménageaient dans la maison de mes anciens voisins et que l'environnement ne m'était pas inconnu, je savais que je ne devais pas aller à leur rencontre.

J'avais sept ans et pour toujours, je remercierais mes parents de m'avoir inculqué une telle chose.

Le regard de l'enfant se posa sur moi, et il me pointa du doigt en se tournant vers son père. Il m'était impossible d'entendre leur conversation, mais le sourire que le garçonnet m'adressa me parut étrange. Il semblait m'intimer de venir les rejoindre.

Je secouai la tête et crispai mes petites mains sur la poignée de ma trottinette. Le garçon haussa les épaules et se contenta d'agiter la menotte dans ma direction, en signe de salut.

Je lui souris, juste avant que ma mère ne m'attrape par le bras et ne me force à entrer dans notre maison.

*

Ce mercredi après-midi, ma mère pensa peut-être me sauver la vie.

Mais elle n'aurait rien pu faire pour sauver celle de Jason.

« Il y a des fleurs partout pour qui veut bien les voir. »
Henri Matisse

Jason et moi, nous passâmes des mois à nous faire des signes de la main depuis nos jardins respectifs. Mes parents m'avaient interdit tout contact avec cette famille, sans que j'en connaisse la raison. Nous ne nous adressâmes pas une seule fois la parole, mais tous les matins, nous avions ce petit rituel. C'était comme se dire bonjour par le regard : un échange à la fois silencieux et terriblement expressif.

Je ne vis jamais Jason dans mon école ni dans mon collège. J'habitais à Clarksville, et les établissements scolaires ne manquaient pas dans cet endroit du Tennessee. Malgré ça, je regrettais qu'il ne soit pas au même endroit que moi pour me lier d'amitié avec lui. Je ne savais rien de ce garçon qui vivait de l'autre côté de la rue, et pourtant, je l'apercevais tous les jours.

J'eus connaissance de son prénom un samedi matin, alors que nous avions neuf ans.

Il débarqua dans mon jardin pendant que j'arrosais les fleurs, comme me l'avait demandé maman. C'était mes préférées : des échinacées du Tennessee, fleurs rares qui poussaient uniquement dans ce coin des États-Unis.

J'essayais d'en prendre le plus grand soin, car cette espèce avait été menacée d'extinction jusque dans les années soixante-dix.

Quand ce garçon aux cheveux noirs les écrasa, je crus m'évanouir.

Il surprit la rougeur soudaine de mon visage et en devina rapidement la raison.

— Oh, désolé…

Ce fut les premiers mots qu'il prononça devant moi, et en observant son regard, je fus incapable de lui en vouloir.

— Avannah Hatcher, dis-je simplement de ma voix enfantine.

Il pencha la tête sur le côté et examina mon visage. Ses prunelles sombres semblaient constellées de taches blanches et lumineuses. Il étudia une fois de plus les fleurs qu'il écrasait et, se mettant à sourire, il me tendit la main.

— Salut, Échinacée. Moi, c'est Jason Clayton.

Je me demandai d'abord de quel droit il m'appelait Échinacée sans raison, puis je lui serrai les doigts avec force. J'ignorais si c'était de cette manière qu'il fallait procéder. Après tout, je n'avais que neuf ans.

Jason Clayton repartit comme il était arrivé, laissant mes fleurs mortes derrière lui.

Savannah

*« Qui sourit n'est pas toujours heureux.
Il y a des larmes dans le cœur qui n'atteignent pas
les yeux. »*
Jane Austen

Ma mère tomba malade une semaine plus tard.

Je ne parvenais pas à croire qu'une chose pareille puisse arriver. Mon père faisait preuve d'une force inconditionnelle face à la situation. Il tentait de me l'expliquer, mais à cet âge-là je n'avais qu'une question : « qu'est-ce qu'il va se passer, Papa ? », et il n'arrivait jamais à me répondre.

Elle était si belle, ma mère, quand elle essayait de tenir debout. Au début, elle avait du mal à respirer et posait ses mains sur sa poitrine, comme si ça pouvait l'aider. Puis sa peau devint de plus en plus pâle et, bientôt, les malaises se firent plus fréquents. Du haut de mes neuf ans, je l'observais s'affaiblir de jour en jour, et ça me semblait bien étrange.

J'étais proche d'elle, habituellement, mais je me sentis m'éloigner. Sa maladie me repoussait et ne laissait plus aucune place pour moi. Ses cheveux tombèrent. Mon père m'avait avertie que tout cela allait arriver, mais je n'étais pas parvenue à m'en faire une réelle idée. Je la regardais de loin, sans verser une larme, sans émettre un mot.

Nos habitudes disparurent lentement. Mes histoires du soir s'éclipsèrent, nos balades matinales et nos pique-niques aussi. Quand je n'étais pas à l'école, je passais mes journées dans ma chambre, à essayer de jouer avec des choses qui ne m'intéressaient pas.

Elle resta de plus en plus souvent à l'hôpital. Des semaines, et parfois des mois entiers. Je ne vivais plus qu'avec mon père et je le voyais lui aussi dépérir de jour en jour. Moi, je ne pleurais toujours pas.

« Il va falloir qu'on parte, Avannah. Maman doit changer d'air », me dit-il un jour.

J'avais hoché la tête, incapable de prononcer un mot. Je parlais de moins en moins, et tout le monde s'en contentait.

On s'occupa du déménagement de notre mieux, mais tout était beaucoup trop rapide. Mon oncle Harry vint nous aider, ainsi que mes cousines de l'Alabama. Je ne comprenais pas pourquoi ils venaient tous de si loin, jusqu'à ce qu'ils se rendissent à l'hôpital la veille de notre départ.

Mon oncle conduisait le camion et moi, je rentrai dans la voiture, avec mon père et ma mère qu'il était allé chercher. Avec ses tubes dans le nez et son foulard sur la tête, elle ne ressemblait plus du tout à celle qu'elle avait été. Ses prunelles étaient devenues sombres et ternes, et ses lèvres presque violettes. Elle m'enlaça le plus fort qu'elle put et me sourit tristement en glissant mes cheveux châtains derrière mes oreilles.

Elle se contenta de m'observer sans dire un mot.

Avant de partir, je vis Jason sortir de chez lui. Il resta dans son jardin, regardant de loin les deux véhicules chargés à bloc et prêts pour le départ. Je m'installai sur la banquette arrière et contemplai le petit garçon derrière le pare-brise.

Il leva la main et me sourit simplement. Je posai mon front sur la vitre et lui fis un signe en retour. À l'instant où le moteur démarra, le père de Jason sortit de la maison et attrapa son fils par le bras, le fit tomber à terre et le traîna à l'intérieur.

Cette fois-là, Jason Clayton pleurait.

Savannah

« Dans mes souvenirs, tu vis à tout jamais. »
Virginie Grimaldi

Je posai le dernier bagage dans le coffre de la voiture en soupirant de contentement. Jetant mon sac à main sur le siège passager, j'étais prête à partir. Mon père m'observait du haut des marches de la maison, la mine inquiète.

— Tu es sûre que ça va aller ? me demanda-t-il en se frottant la mâchoire.

— T'en fais pas, Papa. Tu sais à quel point Courtney a hâte qu'on emménage ensemble, elle doit déjà m'attendre.

Il se mit à sourire en pensant à ma meilleure amie.

— Mais pour le lieu, Ava. Est-ce que ça va aller ?

Son regard se fit plus doux, plus triste. J'avalai ma salive avec difficulté.

— Bien sûr que ça va aller, je me souviens bien de cette ville, je la connais encore sur le bout des doigts.

Il hocha la tête, comme incertain. J'allai à sa rencontre et il plongea son regard dans le mien, puis me toucha le visage. Ses yeux étaient si mélancoliques que la seule pensée de le laisser ici me brisa le cœur.

— Tu lui ressembles un peu plus de jour en jour, avoua-t-il.

— Tu peux venir avec moi, tu sais. Il y a de la place pour trois.

— Tu penses vraiment que je vais cohabiter avec Courtney ? Elle me ferait sortir tous les soirs.

Nous rîmes ensemble, et cela nous fit du bien.

— Tu sais pourquoi je ne veux pas venir.

J'acquiesçai à mon tour, parfaitement consciente de ce que ressentait mon père. Ses yeux rieurs et ses mauvaises manies allaient me manquer, je devais l'avouer.

— Et s'il te plaît, l'avertis-je, évite de te couper les cheveux toi-même, tu te souviens aussi bien que moi de ce qu'il s'est passé la dernière fois.

— Qu'est-ce qu'il s'est passé, déjà ? dit-il avec un regard surpris.

En souriant, il passa sa main dans ses cheveux grisonnants et trop raccourcis à l'arrière de son crâne.

Je regardai cet homme qui avait fait de moi celle que j'étais. J'observai les rides au coin de ses yeux, son habitude de se frotter le nez sans raison, ses iris plus clairs encore que les miens.

Je le pris dans mes bras et le serrai fort contre moi, avec l'impression de l'abandonner pour toujours. Je le laissais seul, et j'avais tellement peur que ça ne le détruise après ce qu'il avait vécu.

— Allez, va-t'en, m'ordonna-t-il. Ta nouvelle vie t'attend.

Je m'éloignai de lui et en descendant les marches, je me retournai pour le regarder. Je serrai le poing et levai seulement le pouce et le petit doigt, puis secouai ma main. Il fit de même. C'était notre « je t'aime » à nous, et rien au monde ne pourrait nous enlever ça.

*

Le trajet en voiture fut bien trop nostalgique.

Je montai le volume de la radio au maximum pour tenter d'échapper à mes pensées, mais le paysage me ramenait toujours à elles. La dernière fois que j'avais fait ce trajet, j'avais neuf ans, et je reconnus les immenses forêts vertes comme si je les avais laissées hier.

Le temps était le même. Les nuages flottaient sur la toile bleutée et le soleil se cachait de temps à autre. J'entendais presque la voix de mon père essayant de parler à ma mère qui, elle, n'attendait qu'une chose : que la mort vienne la délivrer.

Nous avions trouvé cette maison en Alabama, en pleine nature, alors que ma mère tentait de reprendre espoir. Les moindres recoins avaient été retapés par nos soins, de la peinture à la plomberie. À l'époque, ça avait été le seul moyen pour mon père de s'évader et de se défouler. Sa façon de tenir le coup.

Inspirant profondément, je me mis à fredonner les paroles de la chanson qui passait à la radio. La route me parut un peu moins longue, mais plus je me rapprochais de ma nouvelle vie et de Courtney, et plus je me sentais mal vis-à-vis de mon père.

Mais je devais changer d'air, et me rapprocher de ma meilleure amie était la meilleure des solutions. J'avais perdu Courtney de vue suite à notre déménagement, et ce n'est que quelques années plus tard que nous nous retrouvâmes sur les réseaux. Depuis, elle était régulièrement venue en Alabama me rendre visite, accompagnée de ses parents. Elle avait été l'étincelle dont j'avais eu besoin.

Dans quelques mois à peine, nous rentrerions toutes les deux à l'université et j'attendais cela comme une libération, un nouveau départ.

Les heures passèrent, et j'arrivai enfin à Clarksville. Malgré mes souvenirs précis, je constatai que la ville avait bien changé. La circulation était dense à cette heure de la journée, et je restai un moment dans les bouchons. Quelque part, ça me rassurait de retarder le moment où j'allais arriver devant la maison.

Au bout de longues minutes, on klaxonna derrière moi, et je me surpris à rouler bien trop lentement. J'accélérai un peu, consciente que l'appréhension me faisait ralentir.

J'arrivai enfin dans le quartier de mon enfance. Rien n'avait changé. Les grandes maisons colorées semblaient avoir gardé leur charme d'antan, et leurs pelouses étaient aussi soignées qu'avant.

En passant devant l'une des habitations, je remarquai deux personnes s'activant sur leur porche, l'une passant le balai, l'autre réparant la porte. Je faillis appuyer sur la pédale de frein en reconnaissant monsieur et madame Ethery, deux adorables voisins que j'avais connus durant mon enfance. Leurs cheveux avaient blanchi et leur démarche s'était ralentie, mais ils étaient restés les mêmes.

Une sensation étrange au creux du ventre, je ne me rendis même pas compte que je m'étais arrêtée sur le bord de la route, devant mon ancien chez-moi.

D'une couleur vert-pastel, les murs extérieurs me semblaient intacts. La toiture paraissait être en aussi bon état que dans mes souvenirs, mais les volets avaient besoin d'un bon coup de peinture. Quant au porche, un coup de balai ferait l'affaire pour qu'il retrouve sa splendeur d'antan.

La maison connaîtrait une nouvelle vie avec nous. Quand nous étions partis pour l'Alabama, mon père l'avait mise en location, ce qui lui avait permis de payer les soins de ma mère. Plusieurs familles s'y étaient installées tandis que je grandissais. Aujourd'hui, mon père nous l'avait louée pour notre entrée à l'université. Courtney et moi avions refusé qu'il nous héberge gratuitement, mais malgré mes économies, je manquais d'argent. En pleine campagne, les petits boulots étaient rares, et Courtney avait donc insisté pour régler elle-même les charges. Elle aimait crier sur tous les toits que sa famille possédait une fortune non négligeable. De mon côté, je m'occupais des courses. J'avais promis à mon père de trouver un travail pendant l'été pour le rassurer.

— AVANNAH !

Courtney avait crié si fort que je l'entendis par la fenêtre fermée de la voiture. Je sortis et la vis courir vers moi telle une furie, les bras ouverts pour m'enlacer. Elle me serra contre elle comme si on ne s'était plus vues depuis des années, alors qu'elle était venue le mois dernier en Alabama. Je souris, le nez dans ses cheveux blonds trop épais.

— Tu en as mis du temps ! me reprocha-t-elle en riant.

— Désolée, j'avais besoin de reconnaître un peu les lieux.

Elle se dirigea vers le coffre de ma voiture et en sortit tous mes bagages et mes sacs.

— Alors, cette maison ? demandai-je en l'aidant.

— J'ai commencé à lui mettre un petit coup de peinture intérieure, elle en a besoin.

— Tu as bien protégé les meubles, au moins ?

— Pour qui me prends-tu, Ava ?

— Mmh, voyons… dis-je en faisant mine de réfléchir. Je te prends pour Courtney Taylor, celle qui oublie de couper le jus avant de changer une ampoule.

23

Ses lèvres s'étirèrent et elle soupira de contentement.

— Je suis vraiment heureuse de ce qui nous arrive.

— Moi aussi, Courtney, répondis-je, et je la pris dans mes bras pour la seconde fois.

Nous rentrâmes mes sacs à l'intérieur. Grimper les marches du porche me procura une sensation étrange, tout comme redécouvrir l'ambiance chaleureuse de la maison. Même si la disposition des meubles n'était plus la même que par le passé, je n'avais qu'à fermer les paupières pour entendre les voix de mes parents.

Il me faudrait du temps avant de m'habituer à vivre ici sans eux.

Je constatai que Courtney avait bien recouvert les principaux meubles avec des draps blancs, ce qui me rassura légèrement. Mais maladroite comme elle était, j'étais certaine que quelque chose n'allait pas.

Le salon et la cuisine ne constituaient qu'une seule et même pièce, séparée par un long bar en bois vernis. Il était en parfait état, les anciens locataires en avaient visiblement pris grand soin. D'énormes cartons de déménagement trônaient aux quatre coins de la pièce, et je me tournai vers Courtney qui me fit un sourire innocent.

— Tu n'as rien rangé ? la questionnai-je en fronçant les sourcils.

— Je t'attendais.

— Mais Courtney, ça doit faire deux semaines que tu vis ici ! Comment tu as fait sans déballer un seul carton ?

— Je mangeais en ville, et si j'avais besoin d'un truc, je fouillais juste.

Je soupirai. Cohabiter avec Courtney n'allait pas être une tâche facile.

— Tu peux parler, toi ! s'exclama-t-elle. J'ai commencé la peinture pendant que tu te prélassais en Alabama.

Je levai les yeux au ciel.

— Je ne me *prélassais* pas. Tu sais très bien pourquoi je suis restée plus longtemps avec mon père. C'était l'anniversaire de…

— De ta mère, oui, je sais. C'est vrai, excuse-moi.

Courtney s'assit sur un carton et se passa la main dans les cheveux. Sa frange décoiffée et ses traits tirés accentuaient son air fatigué.

— Maintenant que je suis là, tout ira plus vite, la rassurai-je. Dans une semaine, la peinture sera sûrement terminée et les cartons déballés.

— Sauf si… commença Courtney avec un début de sourire.

— Sauf si quoi ?

— Si je te présente à mes amis !

Un énième soupir sortit de mes poumons.

— Courtney…

— Allez ! Tu es restée des années seule dans cette grande maison d'Alabama. Tu dois vivre, maintenant.

Son regard était criant de vérité. J'avais fréquenté le collège et le lycée de Montgomery, et même si j'avais été physiquement là-bas, mon esprit était resté à Clarksville. Je ne m'étais fait aucun ami et j'avais passé toute mon adolescence dans ma chambre, sans sortir une seule fois.

Le silence avait été mon plus grand compagnon jusqu'à l'arrivée de Courtney.

— Ce soir, on sort. C'est un ordre, décida la blondinette en attrapant mes bagages et en les portant à l'étage.

Je l'aidai, un sourire en coin, heureuse d'avoir retrouvé ma meilleure amie.

En haut des escaliers, trois portes s'offraient à moi. Celle de gauche débouchait sur la salle de bain tandis que les deux de droite menaient à des chambres différentes.

— Je t'ai laissé la tienne, me souffla Courtney avec tendresse.

Je hochai la tête, incapable de sortir le moindre mot. Je passai devant la première chambre, celle de mes parents, pour me diriger vers la seconde et ouvrir la porte avec appréhension.

Courtney resta derrière moi et ne me lâcha pas du regard.

La pièce possédait toujours sa couleur sable. Les rayons du soleil qui s'infiltraient par la fenêtre m'éblouirent et mes prunelles s'humidifièrent. Les meubles n'étaient plus les mêmes, mais ici, la disposition n'avait pas changé.

Je posai mes sacs sur le sol, contre l'armoire vide.

— Tout va bien ? demanda mon amie.

— Pourquoi ça n'irait pas ?

— Ava, ne me force pas à te rappeler ce qu'il s'est passé il y a à peine quelques années.

Non, je ne voulais pas me le rappeler.

— Tout va bien, Court. Promis.

Elle hocha la tête et jeta une valise sur le lit.

— Eh, doucement ! Il y a des trucs fragiles là-dedans ! criai-je en me précipitant dessus.

— Ah, te revoilà enfin ! Bon, mets des fringues pourries, qu'on reprenne la peinture.

Et elle sortit de la chambre en riant aux éclats.

*

Nous commençâmes par peindre les murs du salon et de la cuisine. Courtney avait choisi du bleu et du rouge pâles, et je dus avouer que ces couleurs se mariaient bien entre elles. Armées de nos rouleaux et de nos salopettes

tachées, nous nous mîmes au travail peu de temps après mon arrivée.

Les murs étaient à moitié recouverts quand Courtney me balança de la peinture sur le visage.

— Si tu taches le sol… la prévins-je.

Elle vint recouvrir mon visage de bleu en riant de plus belle.

Je me précipitai vers elle en courant, un pinceau dans une main, un rouleau dans l'autre. Nous fîmes le tour de la maison en nous éclaboussant de peinture et nous esclaffant.

Et cela me fit le plus grand bien.

*

En ce début de mois de juin, la nuit était plus noire que jamais. Les étoiles semblaient se détacher de la voûte céleste tant elles brillaient. De la journée entière, c'était la nuit que je préférais. J'étais capable de m'allonger dans l'herbe et de rester des heures à observer le ciel. Dans ces moments-là, je me sentais à la fois seule et entourée. C'était dans le silence de la nuit que je me perdais dans le bruit de mes pensées.

Courtney décida de conduire ma voiture, et je crus un instant qu'elle allait me la bousiller quand elle ne s'arrêta pas à un stop. Elle me rassura en me disant qu'elle savait ce qu'elle faisait et que je ne regretterais pas le trajet quand je découvrirais où elle m'emmenait, mais je n'en étais pas aussi sûre que ça. Elle avait déjà détruit bien trop de voitures dans sa vie.

Avec la radio en fond sonore, je regardais la ville éclairée par la fenêtre. La plupart des bars devant lesquels nous passâmes étaient ouverts, accueillant des hommes et des femmes déjà à moitié ivres morts. Un

27 

cycliste presque nu bouchait la route et nous força à nous arrêter, criant des paroles insensées et faisant de grands gestes avec ses bras. La police finit par arriver et par l'emmener au poste, et nous pûmes reprendre le trajet.

J'avais oublié à quoi ressemblait une ville, la nuit.

Je préférais de loin les champs campagnards sans aucun bruit de l'Alabama.

Nous abandonnâmes Clarksville et laissâmes derrière nous les lumières clignotantes des lampadaires. Quand je sortis de la voiture, je n'eus d'autre choix que d'allumer la lampe torche de mon téléphone. Il faisait si sombre qu'il était impossible de distinguer l'arbre le plus proche. Courtney fit de même et passa devant moi pour me montrer le chemin.

— Heureusement que j'ai mis des baskets, lui fis-je remarquer.

— Arrête de te plaindre, tu veux ? Ou je fais exprès de te perdre et je te laisse dans cette forêt toute la nuit.

Je soupirai avec un sourire en coin.

Les arbres étaient si hauts et leur feuillage si épais que l'on ne pouvait contempler le ciel. Un noir absolu régnait, et je me demandai une seconde si Courtney savait où elle nous menait.

Je sursautai au bruit d'une feuille écrasée.

— J'avais oublié à quel point tu étais trouillarde, rigola Courtney.

— Tu connais les films d'horreur ? demandai-je. J'ai l'impression d'être dans *Le Projet Blair Witch*.

— Arrête, ce film ne fait même pas peur…

Le chemin que nous suivions déboucha sur une grande plaine éclairée par la lune. Je sentis mes poumons se remplir enfin, libérés de l'atmosphère étouffante qui envahissait le bois. Au loin, un feu crépitait. C'était la seule source de lumière, mis à part celle des étoiles que l'on pouvait enfin contempler.

— Ils nous attendent déjà.

J'avais l'impression de me diriger tout droit vers une secte, mais je me retins d'exprimer mon ressenti à voix haute. Arrivées près du feu de camp, nous éteignîmes nos lampes torches. Trois personnes étaient assises. Elles se levèrent pour nous saluer.

— Courtney ! Ça fait au moins une demi-heure qu'on t'attend ! s'exclama un grand jeune homme aux cheveux blonds attachés.

Il possédait différents tatouages sur les deux bras, et j'aurais aimé pouvoir les examiner à la lumière du jour.

— Ava a voulu que je roule à trente pour ne pas égratigner sa voiture.

— Si tu conduisais un peu mieux, peut-être que je ne te demanderais pas d'y aller doucement, répondis-je en levant les yeux au ciel.

Une fille s'avança vers nous ; de longs cheveux roux et raides, couverts d'un bonnet noir, tombaient sur ses épaules. Elle tenait une cigarette dans sa main gauche.

— Salut, dit-elle en me serrant la main. Je suis Alice. Tu es Avannah, c'est bien ça ?

— C'est bien ça, souris-je.

— Voici Alex Kaynes, alias le beau gosse de la bande, annonça Courtney en désignant le blond, et voici Charlie Davis, sans doute le plus intelligent de nous tous.

— Merci beaucoup, lança Alex en donnant une petite tape sur l'épaule de Courtney.

Charlie s'avança pour me serrer la main. À la seule lueur des flammes, je pouvais distinguer le hâle marqué de sa peau, ses courts cheveux bruns et ses grands yeux noirs.

— Enchanté, Alabama.

— Je m'appelle Avannah, lui fis-je remarquer en fronçant les sourcils.

— Tu seras Alabama pour moi.

Il se détourna pour aller se rasseoir sur une bûche. Courtney s'approcha de moi et me chuchota à l'oreille :

— Tu as fait bonne impression, on dirait.

Je haussai les épaules, incertaine.

Je m'assis aux côtés de ma meilleure amie. Alice sortit un paquet de marshmallows pour les faire griller sur les flammes.

— Courtney nous a beaucoup parlé de toi, dit-elle en nous lançant de la guimauve.

— En bien, j'espère ! m'esclaffai-je en lançant un coup d'œil à Courtney.

— Alors comme ça, tu viens de l'Alabama ? demanda-t-elle en rallumant sa cigarette.

— Je suis née à Clarksville, puis j'ai déménagé en Alabama il y a quelques années. Mais je n'ai jamais vraiment quitté le Tennessee. Ça me manquait trop.

Les souvenirs des débuts de mon amitié avec Courtney me revinrent en mémoire. Je l'avais connue enfant, alors que nous étions toutes les deux à l'école primaire.

— Alex vient de Floride, m'informa mon amie à côté de moi. D'ailleurs, ça ne te manque pas trop, Alex ?

— Il y a des jours où j'aimerais tout quitter pour y retourner.

Je hochai la tête. J'avais ressenti la même chose durant toutes ces années en Alabama, avec mon père.

— Qu'est-ce que tu faisais, là-bas ? le questionnai-je, ma curiosité prenant le dessus.

— Du surf. C'était toute ma vie.

— Pourquoi est-ce que tu as arrêté, alors ?

— Il y a certaines choses qu'il faut un jour arrêter, c'est tout.

Je plissai les lèvres, interloquée par sa réponse.

Charlie remarqua mon hébétude.

— Tout le monde a des secrets, tu sais.

J'acquiesçai. Moi-même, je possédais un secret. Seule Courtney était au courant, et je m'étais juré de ne le révéler à personne d'autre.

Il existait des blessures qui ne devaient pas se rouvrir.

La soirée continua en bavardages et rigolades. J'appris que Charlie possédait de lointaines origines sudafricaines et qu'il était né à New York, ville où je n'avais jamais mis les pieds. Alice était née à Clarksville et après avoir redoublé trois fois le bahut, elle entrait enfin à l'université à la rentrée prochaine. Elle connaissait Courtney du lycée, cette dernière ayant été sa plus proche amie durant cette longue période.

— Alice, tu t'rappelles de cette fille, celle qui était montée sur sa table pour recoller la grande affiche qui représentait Christophe Colomb en histoire et qui, au final, avait réussi à la déchirer de haut en bas en trébuchant ? Comment elle s'appelait, déjà…

— Marrissa ! Elle s'appelait Marrissa ! s'exclama Alice en riant de plus belle.

— C'est ça, Marrissa ! En plus de ça, elle draguait le prof d'histoire. Elle lui trouvait quoi, sérieux ?

— On en parle du prof Kellergan dont vous étiez folles, les filles ? lança Alex en souriant.

— Ça n'a absolument rien à voir, se défendit Courtney.

Même si je ne connaissais aucun des noms prononcés, je n'arrivais pas à m'arrêter de rire à l'écoute de ces histoires.

— Rien à voir, vraiment ? Et les lettres d'amour que tu glissais discrètement sous la porte de son bureau, hein ? continua à la taquiner Alex, mort de rire. C'était vraiment ridicule, ça. Je suis presque certain que tu te l'es tapé au moins une fois.

Les joues de ma meilleure amie rougirent atrocement. Elle plissa les paupières et son visage se durcit.

— Tu racontes n'importe quoi. Et puis, on a tous un peu dérapé, non ? répondit Courtney avec un sérieux surprenant. Je te rappelle ce jeune, au lycée, que tu as martyrisé ?

L'ambiance se glaça brutalement. J'avalai ma salive avec difficulté, très mal à l'aise.

— Ça, ça n'a absolument rien à voir, Courtney, lança Alex avec amertume.

— Comment s'appelait-il, déjà ? demanda mon amie sans trembler.

— Courtney, arrête ça…

— Comment s'appelait-il, Alex ? Est-ce que tu sais ce qu'il est devenu ?

— Je crois qu'il s'appelait Jace, et puis… Bordel, Courtney ! Pourquoi est-ce que tu mets ça sur le tapis ? s'énerva le blond en se levant.

Courtney ne bougea pas d'un millimètre face à la colère d'Alex. Me tournant vers elle, je me demandais pour quelle raison elle avait gâché l'ambiance avec une telle rapidité.

— Jason.

La voix claire d'Alice s'éleva dans le silence qui s'était installé. Elle soupira en levant les yeux vers les étoiles, prise de nostalgie.

— Jason Clayton.

Mon regard se posa sur Alice, et je sentis mon cœur se soulever. Les prunelles couleur turquoise de la jeune femme rencontrèrent les miennes.

Ce nom, je le connaissais, j'en étais certaine. Il se terrait au fin fond de ma mémoire ; il se cachait, il se dissimulait.

— C'était son nom. Il a quitté le lycée deux jours après ça, et on ne sait pas ce qu'il est devenu. Je ne l'ai plus jamais revu.

Deux jours après quoi ? avais-je envie de demander, mais à la vue d'Alex, je me retins. Il semblait prêt à exploser à tout moment. Ce que j'avais besoin de savoir avant tout, c'était où j'avais entendu ce nom et pourquoi je le connaissais.

J'avais l'impression d'avoir la réponse sur le bout de la langue.

— Avannah ?

Courtney me sortit de mes pensées. Tout le monde m'observait, et je me rendis compte que j'étais en train de me ronger les ongles.

— On va peut-être rentrer, Ava, non ?

Je hochai la tête en dissimulant mes mains dans les poches de mon jean. Les flammes commençaient à disparaître et la température chutait, provoquant des frissons sur tout mon corps.

L'ambiance entre nous tous avait changé depuis que Courtney avait mis cette histoire sur le tapis. Je ne savais pas ce qui lui avait pris, mais elle avait réagi avec colère après les remarques d'Alex. D'ailleurs, elle paraissait vouloir déguerpir le plus rapidement possible.

Nous dîmes au revoir aux autres en ne prononçant que quelques mots. Je me sentais hors du temps, et Courtney sortit l'excuse de la fatigue.

Jason Clayton.

33

Le trajet retour se fit dans le silence le plus total. J'observais la nuit par la fenêtre, réfléchissant à toute vitesse, cherchant au plus profond de ma mémoire où j'avais déjà entendu ce nom

« Salut, Échinacée. Moi, c'est Jason Clayton. »

J'entendais sa voix dans ma tête, mais je ne parvenais pas à voir son visage ni à me remémorer notre rencontre.

— Qu'est-ce qui s'passe, Ava ? On est arrivées, là !

La voix forte de Courtney me réveilla. La voiture était à l'arrêt dans l'allée de la maison. Elle me regardait avec une mine inquiète.

— Oh, désolée… J'ai un truc qui me prend la tête, c'est tout.

— Tu veux en parler ? J'ai l'impression que c'est depuis qu'on a évoqué Jason Clayton.

Je secouai la tête, certaine de ne pas avoir connu Jason dans les mêmes conditions qu'elle.

— Pourquoi tu as réagi comme ça, Court ? questionnai-je en repensant à son comportement étrange.

Son visage devint cramoisi pour la seconde fois consécutive. Je fronçai les sourcils, interloquée. Ses doigts serrèrent le volant et elle contempla la maison devant elle. Elle ne m'adressa pas un regard.

— Alex dit vrai… se confia-t-elle. Je ne t'en ai jamais parlé, mais j'ai eu une histoire avec ce prof.

Je restai abasourdie par sa réponse. Je n'aurais pas cru que les paroles d'Alex aient pu contenir le moindre fond de vérité.

— C'était une erreur, se précipita-t-elle. Seule Alice est au courant. N'en parlons plus, d'accord ? Je n'y pense même plus aujourd'hui, mais je ne veux pas que les autres le sachent. Ils me prendraient pour…

Elle ne termina pas sa phrase, confuse. J'approuvai sa demande. Je n'en parlerais à personne d'autre qu'elle,

et je tiendrais même ma langue en sa présence si elle le souhaitait. On avait tous vécu des choses qu'on ne voulait pas prononcer à voix haute. Si Courtney décidait de se confier un jour ou l'autre, je l'écouterais, mais cette histoire semblait faire partie du passé.

Je sortis de la voiture et nous nous dirigeâmes vers la porte d'entrée. Les lampadaires clignotaient sans arrêt, si bien que Courtney eut du mal à trouver la serrure. Je me tournai vers la rue et observai avec intérêt l'environnement qui avait bercé mon enfance. Mes yeux se posèrent sur le jardin, sur la voiture qui traversa l'avenue sans ralentir, puis sur la maison d'en face.

Et soudain, ça me revint.

Je revis le petit garçon aux cheveux noirs courir vers la porte en trébuchant, puis me sourire et me faire un signe de la main. Et je revis son père l'attraper par le bras et les larmes couler le long de ses joues la dernière fois que je l'avais vu.

Je me souvins de Jason Clayton et de l'ambiance étrange qui l'entourait.

— Ava ?

— Qui habite en face de chez nous, maintenant ?

Courtney regarda la maison éteinte de l'autre côté de la route.

— Je ne sais pas… Pourquoi tu me demandes ça ?

Je soupirai. Les souvenirs refaisaient surface.

— Pour rien, Courtney. Pour rien du tout.

« *Je n'avais rien oublié, mais je ne voulais pas me souvenir.* »
Elena Ferrante

La chaleur commençait à pointer le bout de son nez, si bien que la nouvelle peinture mettait moins de temps à sécher. Nous avions terminé de peindre tout le salon et la cuisine en seulement quelques jours, puis nous en avions profité pour déplacer les meubles à notre guise. La salle à manger était composée d'une grande table récupérée chez les grands-parents de Courtney, entourée de vieilles chaises dépareillées. Le salon, quant à lui, n'était meublé que d'une télévision achetée d'occasion et d'un canapé noir où étaient disposés quelques coussins.

Ce n'était pas la maison de nos rêves, mais elle nous convenait parfaitement.

Le jardin de devant aurait mérité un bon entretien, mais ni Courtney ni moi n'avions le courage de nous y mettre. Il aurait fallu débroussailler toutes les mauvaises herbes, planter un nouveau gazon et enlever toutes les feuilles mortes de l'arbre – ce qui, pour nous, semblait relever de l'exploit. Ma meilleure amie proposa d'engager quelqu'un pour le faire à notre place, puis elle songea à Charlie, et il promit de venir nous aider.

Quant à Jason Clayton, il sortit peu à peu de mes pensées. Je n'avais pas pu m'empêcher de chercher son nom sur les réseaux, mais mes investigations ne menèrent à rien. Il n'y avait aucun signe de vie dans la maison d'en face, et j'imaginais que plus personne n'y habitait. Sa mention au feu de camp n'avait été qu'une pure coïncidence. Après tout, des tas de Jason Clayton devaient exister aux États-Unis.

Il ne disparut cependant pas entièrement de ma tête.

Charlie arriva le lendemain, alors que Courtney et moi étions devant la dernière saison de *Game of Thrones*. Il toqua à la porte, mais nous étions tellement absorbées par la série qu'il dut appeler sur le téléphone de Courtney pour nous faire remarquer sa présence.

Elle alla ouvrir et regarda le jeune homme, les mains sur les hanches.

— Charlie, tu n'débarques pas au moment idéal ! Jon Snow est en train de prendre la plus grande décision de sa vie, là !

— Bonjour, Courtney. Comment vas-tu ?

— J'irai mieux quand j'aurai vu une dernière fois les fesses de Kit Harington.

J'éclatai de rire, la bouche pleine de pop-corn.

— Salut, Alabama ! s'exclama Charlie.

Je levai la main en l'air pour le saluer. Il s'assit entre Courtney et moi et attrapa du pop-corn dans le saladier, tout en posant son regard sur la télévision.

— Oh, j'ai déjà vu cet épisode, annonça-t-il d'un ton nonchalant.

— QUOI ? cria Courtney en se tournant vers lui. Comment tu as pu, il est sorti hier soir !

— Je l'ai vu à ce moment-là, c'est tout. *Game of Thrones* mérite qu'on le regarde sans attendre. Et puis, c'est toujours mieux d'être celui qui spoile plutôt que celui qui est spoilé.

Il nous lança un coup d'œil tout en esquissant un sourire sournois.

— N'y pense même pas ! le prévins-je.

— Si tu fais ça, je te jure que le sort que nous t'infligerons sera bien pire que de travailler dans notre jardin.

— Il y a pire que ça, sérieusement ?

Courtney lui donna une tape sur l'épaule.

Charlie me regarda en souriant. Je me concentrai de nouveau sur la télévision, ne voulant pas rater une miette de la série.

— Au fait, Courtney, tu m'expliques pourquoi tu as mis Clayton sur le tapis, la dernière fois ? Ce n'était pas l'idée du siècle.

Étonnée, je me tournai vers Charlie. Je n'aurais jamais pensé une seconde qu'il reparlerait de ce qu'il s'était passé au feu de camp, avec Alice et Alex.

— Alex m'a énervée.

— Tu sais très bien que c'est un sujet sensible, pour lui.

— Et alors ? Tu ne crois pas que Clayton en a plus bavé que lui ?

— Qu'est-ce qu'il s'est passé, au juste ? les coupai-je. J'avais besoin d'en apprendre plus.

Charlie soupira et observa Courtney, l'air hésitant.

— Deux mots : harcèlement scolaire, finit-il par dire.

Je retins ma respiration et attendis la suite du récit.

— Il y a quelques années, Alex est arrivé de Floride, mais il n'était pas le Alex que l'on connaît aujourd'hui. Il était différent, et pas forcément en bien, expliqua Charlie.

— Pourquoi est-ce qu'il était comme ça ?

— Il a vécu quelque chose qui l'a changé… Je ne te dirai pas ce que c'est, Ala, ce sera à lui de t'en parler s'il le juge nécessaire.

39

J'opinai, comprenant parfaitement sa discrétion.

— Et Jason ? Pourquoi lui ?

Courtney se passa la main dans les cheveux et fixa la télévision sans vraiment la voir.

— Jason semblait différent des autres, différent de nous tous… Il ne parlait à personne. Je me souviens qu'à la cantine, il mangeait toujours seul au fond du réfectoire, et pendant les heures de pause, on le voyait traîner dans la cour, encore seul.

— Il était peut-être solitaire, non ? Peut-être qu'il n'aimait pas la présence des autres.

— Non, c'est pas ça… Enfin… commença Courtney en se frottant le menton. Parfois, avec les potes, on traînait un peu plus tard devant le lycée, et on allait manger à Chiken's Love, le snack juste à côté. Et on voyait Jason qui restait assis à l'arrêt de bus, sauf qu'il n'en prenait aucun. Il restait là des heures, le visage caché sous la capuche de son sweat, et il ne bougeait pas.

— Il partait quand il faisait presque nuit noire, souffla Charlie.

— Et c'était comme ça tous les soirs.

Je fixai Courtney et Charlie sans ciller.

— Est-ce qu'il… Est-ce qu'il paraissait déficient, mentalement ?

Je me sentis étrange de poser cette question.

— Non, non… Il ne l'était pas, trancha Charlie. Il était seul, il ne parlait à personne, et il semblait ne pas vouloir d'amis. On avait parfois des cours en commun, et je me souviens que Courtney a essayé de lui adresser la parole.

— Il ne m'a même pas répondu, acquiesça la jeune femme.

— C'était comme si une bulle l'entourait constamment. Il avait l'air dans son monde, totalement à part.

— Et… qu'a fait Alex, au juste ? demandai-je, la bouche pâteuse.

Les deux amis se regardèrent encore, comme si de mauvais souvenirs refaisaient surface.

— Alex n'était pas dans son état normal, à cette époque.

— Jason l'intriguait beaucoup, et je ne sais toujours pas pourquoi, avoua Charlie en se triturant les ongles. Un jour, Alex a pété les plombs et à la sortie des cours, il est allé trouver Jason. Il lui a demandé quel était son problème, pourquoi il était seul, pourquoi il agissait bizarrement, pourquoi il ne parlait pas. Mais le plus surprenant…

— C'est que Jason lui a répondu, termina Courtney.

Je haussai les sourcils. Le comportement de Jason décrit par mes amis ne correspondait pas à celui du petit garçon que j'avais rencontré onze ans plus tôt. Je lui avais à peine parlé, mais à chaque fois que je l'avais vu, j'avais eu la sensation qu'il respirait la joie de vivre.

Sauf quand il avait versé des larmes, le dernier jour.

— Qu'a-t-il dit ? demandai-je, constatant que Charlie et Courtney avaient du mal à se confier.

— C'était la première fois que l'on entendait sa voix, annonça Charlie. Il lui a dit de le laisser tranquille et d'aller se faire voir, puis il lui a tourné le dos. Alex n'a pas apprécié, et il lui a mis la raclée de sa vie.

— Jason a essayé de se défendre, et Alex n'en est pas ressorti complètement indemne. Mais Clayton, il a peiné à se relever, je peux te le dire.

— Et le lendemain, Jason n'est pas venu au lycée, continua Courtney. Ni le surlendemain ni le jour d'après. On ne l'a plus jamais revu.

La seule chose que je réussis à faire, ce fut cligner des paupières. Aucun mot ne parvint à jaillir de ma bouche, et Charlie et Courtney gardèrent eux aussi le silence.

Il ne parlait à personne.
Il mangeait toujours seul.
Il traînait toujours seul.

Les battements de mon cœur s'accélérèrent.

— Bon ! s'exclama enfin Charlie. Je vais aller voir ce fameux jardin.

Et il sortit de la maison.

Les mains posées sur les genoux, je tentai de conserver une respiration régulière.

— Tout va bien, Ava ? chuchota Courtney.

Passe au-dessus de ça, Avannah, me forçai-je à penser.

Mon amie s'approcha de moi et m'attrapa par le bras.

— Ava, Clayton n'était pas toi.

— Quand tu parles de qui il était, j'ai l'impression que tu parles de moi.

La solitude et le renfermement : c'était ce que j'avais vécu quelques années auparavant. Seuls Courtney et mon père savaient ce qu'il s'était passé.

— C'est du passé, d'accord ? Et vous êtes différents, lui et toi. Il a été harcelé des années… Alex n'était pas le seul à lui faire des misères. Mais toi, ce n'est pas ton cas. Tu es une personne forte ! Allez, viens, allons voir comment Charlie s'en sort dehors.

Elle me tira par le bras et je me levai, le cœur battant.

J'avais la certitude que je pourrais toujours compter sur Courtney, et savoir que je ne finirais jamais seule m'aidait à passer au-dessus de toute autre chose.

Charlie se battait avec une tondeuse vieille d'un demi-siècle qu'il avait apportée de chez lui. Son pick-up bleu délavé était stationné en travers du trottoir.

— Garé comme ça, tu vas te faire rentrer dedans, lui fis-je remarquer en croisant les bras.

— Oh, ce serait pas la pire chose qui arriverait à ma voiture, répondit-il en riant.

Il ne parvenait décidément pas à faire démarrer la tondeuse. Je finis par descendre les marches du porche pour lui venir en aide.

— Ce n'est pas comme ça qu'on fait.

Je passai devant lui pour faire fonctionner correctement la machine. Je sentis son regard sur moi tandis que j'amorçais le moteur et je me dépêchai de terminer.

La tondeuse s'alluma en une fraction de seconde.

— Et voilà, dis-je en reculant de quelques pas.

— Où t'as appris ça ? s'enquit-il en me fixant avec des yeux étonnés.

— Mon père. Mais c'est la seule chose que je sais faire dans ce domaine, donc ne t'attends pas à une surprise de plus.

Il sourit de façon chaleureuse, et je ne pus m'empêcher de faire de même ; ses émotions étaient bien trop contagieuses.

— Avannah ? On en profite pour repeindre les barrières du porche ? intervint Courtney en soulevant un pot de peinture.

J'acquiesçai et la rejoignis en haut de l'escalier. Attrapant chacune un pinceau, nous commençâmes à peindre le bois en blanc pendant que Charlie s'activait dans le jardin.

L'après-midi fila à une vitesse étonnante. Nous fûmes tous d'une productivité déconcertante, contrairement à la première journée de peinture qui s'était finie en bataille de couleurs entre Courtney et moi.

Je surpris mon amie jeter de profonds regards à Charlie. Lorsque je parlais, elle ne m'écoutait qu'à moitié. Ses prunelles tombaient incessamment sur Charlie et se mettaient à briller quand il lui souriait de loin.

— Eh, oh, Courtney, tu m'écoutes ? dis-je en secouant une main devant elle.

— De quoi ?

— C'est bien ce que je pensais, souris-je en me remettant à peindre.

Elle fronça les sourcils.

— De quoi tu parles ? s'inquiéta-t-elle en m'observant.

— Tu ne craquerais pas pour Charlie Davis, par hasard ? la taquinai-je.

— Absolument pas ! s'insurgea-t-elle en se levant. Qu'est-ce qui te fait dire ça ?

— Ton visage cramoisi, peut-être ?

Elle se rebaissa devant les barrières, les joues enflammées par la gêne. Je souris, heureuse de voir mon amie dans cet état.

— Pas un mot à quiconque, me prévint-elle.

— Promis. Mais pourquoi tu ne tentes pas ta chance ?

— On est très proches depuis des années, mais j'ai peur de gâcher notre amitié.

Je me mordis la lèvre.

— Depuis combien de temps ? demandai-je.

— Combien de temps quoi ?

— Que tu l'aimes.

Elle posa le pinceau par terre et me regarda, les yeux humides.

Je compris.

— Au moins deux ans… souffla-t-elle d'une voix brisée.

— Tu te tortures, Courtney.

Elle enroula ses genoux de ses bras et les serra fort contre elle.

— Et il n'a rien fait, depuis ? Il n'a rien remarqué ? demandai-je en jetant un œil vers lui.

— Non, il ne s'en doute pas du tout.

— Ça se voit pourtant comme le nez au milieu de la figure.

Courtney haussa les épaules, l'air incertain.

— Tu devrais lui en parler, tu saurais à quoi t'attendre, au moins.

— T'es folle ou quoi ? s'emporta-t-elle. S'il le sait, je peux tirer un trait sur notre amitié.

— Mais tu ne peux pas rester indéfiniment dans cette situation ! Tu te fermes aux autres relations, en plus. Fais quelque chose !

— Pas question.

Je soupirai, certaine qu'il serait impossible de faire changer d'avis Courtney, qui possédait un caractère beaucoup trop têtu.

— Eh, les filles ! cria Charlie de l'autre côté du jardin. Regardez qui se ramène !

Une voiture bordeaux se dirigeait vers nous. Elle se gara derrière le pick-up de Charlie et deux personnes en sortirent. Je reconnus Alice et Alex en une seconde. La jeune femme portait un bandana rouge dans les cheveux, tandis que l'ancien surfer était vêtu d'un bermuda vert et d'un t-shirt jaune avec écrit : *Welcome to Florida !*

— Quel touriste… soupira Courtney en levant les yeux au ciel.

— Salut les gars ! lança Alex en ouvrant les bras.

Il ne semblait aucunement en vouloir à Courtney par rapport à l'autre soir.

Tandis qu'Alex allait saluer Charlie, Alice vint à notre rencontre et nous prit dans ses bras. Je fus surprise par ce geste, ne la connaissant pas encore très bien.

— Salut les filles, dit-elle en souriant.

— Tu nous as ramené un crétin en bermuda vert, aujourd'hui. Demain, ce sera le superhéros en chemise et cravate ? demanda Courtney en riant.

— Alex change de look tous les jours. J'aime bien, ça lui donne un petit côté décalé, répondit-elle en portant une cigarette à sa bouche.

— Décalé, tu peux l'dire. Il est au courant qu'on est dans le Tennessee ? plaisantai-je.

Alex se dirigea vers nous, Charlie derrière lui. L'expression joyeuse de ce dernier trahissait sa bonne humeur.

— Alors, cette maison, comment ça avance ? s'enquit Alex en posant sa main sur la barrière du porche.

Des traces blanches se dessinèrent sur sa paume, et il grimaça.

— Eh bien, la peinture n'est pas encore sèche, dis-je.

— Ah bon ? J'avais pas remarqué !

Toujours suivi de Charlie qui avait laissé tomber son travail dans le jardin, il entra dans la maison pour s'affaler sur le canapé. Alice termina sa cigarette sur le porche, et Charlie alla s'adosser au bar de la cuisine.

— Franchement, elle est pas mal, cette baraque ! Charlie, tu les vois, les soirées qu'on pourrait se faire ici ? s'exclama Alex en regardant autour de lui.

— C'est mort, les gars, trancha Courtney. Faites-les chez vous.

— T'es pas drôle, Court !

Alice ferma la porte derrière elle et Alex se leva du canapé. Il fouilla à l'intérieur d'un carton et en sortit de vieilles photos, le sourire aux lèvres.

— Eh, regardez-moi ça ! Les photos de classe du collège et du lycée !

Ils se regroupèrent tous autour d'Alex, souhaitant découvrir de plus près ces souvenirs.

— Ava, viens ! Tu veux voir Alex avec le crâne rasé ?

— Arrête Courtney, c'est pas drôle.

Alex laissa tomber les clichés dans le carton et alla se rasseoir sur le canapé, l'air mal à l'aise face à ces souvenirs.

Je m'approchai du carton. Je reconnus directement Courtney au début du collège avec ses deux couettes dans les cheveux. Le pauvre Alex avait vraiment le crâne rasé et son expression reflétait son mal-être.

Sur la même photo, aux côtés de Courtney et de son grand sourire joyeux se trouvait un jeune homme brun au visage fermé ; ses traits me disaient vaguement quelque chose.

— Je le connais, lui ? demandai-je à Courtney en le désignant.

Elle me regarda avec des yeux ronds et un air à la fois surpris et inquiet.

— Comment tu pourrais le connaître, Ava ? questionna-t-elle si bas personne d'autre ne l'entendit. C'est Jason Clayton.

Ma respiration se coupa et je fixai le cliché. Je sentis les prunelles insistantes de ma meilleure amie sur moi, et j'avalai ma salive avec difficulté, ne sachant quoi répondre.

Jason possédait exactement le même regard que lorsqu'il était gamin, le sourire en moins.

— Il doit ressembler à un gars de l'Alabama.

— Si tu l'dis…

Elle ne semblait pourtant pas me croire.

— Eh, ça vous dit qu'on commande des pizzas ? proposa Alice.

— Avec plaisir, répondis-je.

— Je dis jamais non à des pizzas, surtout si elles sont offertes, lança Alex en s'esclaffant.

Alice s'occupa de téléphoner pour commander et je me rendis soudain compte de l'heure tardive. Debout contre

la fenêtre, j'observai la maison d'en face, toujours éteinte et qui semblait déserte.

Décidément, Jason Clayton ne voulait pas quitter mes pensées.

Courtney trouva un jeu de société au fond d'un carton, et une partie délirante commença. Alex avait souhaité participer, et nous étions obligés de surveiller ses faits et gestes, car d'après Alice, il était l'un des plus grands tricheurs que le monde connaissait. Cela me permit de songer un peu à autre chose et de rire comme jamais depuis des années.

Revenir dans le Tennessee avait été la meilleure initiative que j'avais prise depuis longtemps.

Alors que nous avions encore les cartes en main, on sonna à la porte.

— Courtney, va ouvrir, lança Alice.

— Non, c'est à moi de jouer ! se plaignit-elle.

— Alex, vas-y.

— Pourquoi moi ?

— Parce que t'es le plus près.

— Alabama, va ouvrir, dit Charlie en me regardant.

— Et pourquoi ?

— Parce que c'est ta maison, voyons !

— C'est aussi celle de Courtney !

— Le livreur va finir par se barrer ! prévint Alice.

— Vous êtes incorrigibles ! m'exclamai-je en me levant.

— Faut bien qu'on embête la petite nouvelle du groupe ! conclut Alex.

Je souris et me dirigeai vers la porte en zigzaguant autour des cartons restants.

Un jeune homme se trouvait sur le seuil, quatre pizzas dans les mains et une casquette portant l'inscription *You're my pizza !* dessus. Ses cheveux noirs tombaient presque devant ses yeux malgré sa coupe courte à l'arrière. Son regard fixa le mien et sans un sourire, il lâcha :

— Trente-deux dollars.

Je sortis mon porte-monnaie et lui tendis deux billets de vingt dollars.

— Vous pouvez garder la monnaie, l'informai-je.

Il me donna les pizzas. Je remarquai sa main tremblante et ses prunelles brillantes.

Je le remerciai d'un signe de tête et il me tourna le dos sans décrocher un mot de plus, les traits de son visage déjà gravés dans mon esprit.

Juste avant qu'il ne se retourne, j'aperçus la lettre inscrite sur son badge.

J.

« Salut, Échinacée. Moi, c'est Jason Clayton. »

« On dit parfois que le temps guérit toutes les blessures.
Un cliché terrible, que les gens sortent
quand ils ne savent vraiment plus quoi dire. »
Gerbrand Bakker

J'étais incontestablement attirée par les choses brisées.

Peut-être parce qu'à une certaine époque, j'avais moi-même été une chose brisée. Craquelée de toute part.
Détruite.

Jason Clayton semblait être détruit, lui aussi. Je l'avais remarqué à ses doigts tremblants, à son visage fermé, à sa voix éteinte et à ses lèvres pincées.

Il ne m'avait pas reconnue. De mon côté, c'était la photo de classe de Courtney qui m'avait permis de l'identifier. Sans elle, il n'aurait été qu'un livreur de pizza.

Depuis, il ne cessait d'accaparer mes pensées. Son visage apparaissait dans ma tête à chaque clignement de paupières, et je savais pourquoi.

Son expression avait été la même que la mienne, celle que j'avais pu étudier dans le miroir des années auparavant, et je n'en fermais plus l'œil de la nuit.

*

Trois jours après avoir revu Jason, je décidai d'en parler à Courtney.

— Je connais Jason Clayton, lançai-je tandis que nous mangions une part de gâteau achetée à la supérette du coin.

Courtney s'arrêta et me fixa, la bouche ouverte. Elle posa ensuite délicatement le gâteau sur son assiette, m'observant toujours sans ciller.

— Qu'est-ce que tu dis ?

— Je connais Jason Clayton.

— J'en étais sûre !

Elle se leva de sa chaise en tapant des mains.

— Comment tu pouvais le savoir ? demandai-je, interloquée.

— Quand tu as vu la photo. Je te connais depuis des années, Avannah Hatcher, et sache que tu ne sais pas mentir et que la vérité se lit sur ton visage.

Je grimaçai.

— Mais d'où tu le connais ? s'enquit-elle en se rasseyant.

— En fait…

Je me mordis la lèvre. À présent que je lui en avais parlé, j'étais obligée d'aller jusqu'au bout.

— C'était mon voisin d'en face quand j'étais gamine, avant de déménager en Alabama.

— C'est pas vrai ! Et c'est tout ?

— Quand vous m'avez raconté tout ça sur Jason, Charlie et toi, je n'étais vraiment pas sûre que l'on parlait de la même personne. Jusqu'à l'autre soir.

— Tu l'as reconnu, sur la photo, c'est ça ? me coupa-t-elle.

— Il a bien changé en onze ans, mais ses traits sont restés les mêmes.

Courtney croisa les bras et s'adossa à la chaise.

— Et c’est lui qui nous a apporté les pizzas, chuchotai-je.

— C’est pas vrai ! répéta-t-elle en hurlant presque.

Je fermai les paupières, trouvant la réaction de Courtney totalement démesurée.

— Et qu’est-ce que vous vous êtes dit ? interrogea-t-elle avec des yeux pétillants.

— Absolument rien. Il ne m’a pas reconnue, je crois.

— Oh, ça, c’est décevant…

Mais un léger sourire éclairait ses lèvres.

— Tu dois le retrouver, ordonna-t-elle.

— Quoi ?

— T’as pas compris ? Tu reviens ici et tu tombes sur Jason Clayton, ton ancien voisin ! Ce n’est pas une coïncidence.

— Arrête de dire des bêtises. Je ne vais pas essayer de le retrouver.

Et pourtant, Jason m’intriguait plus que tout. Je me souvenais de son sourire à chaque fois que l’on se saluait de loin, quand nous étions enfants. Je me souvenais de ses pleurs causés par son père, et je voulais savoir quelle en était la raison. Je voulais comprendre pourquoi il était resté seul au lycée et pourquoi, tous les soirs, il avait attendu un bus qu’il n’avait jamais pris.

Je voulais connaître Jason Clayton et je voulais le comprendre.

— Mais pourquoi tu m’en as parlé, alors ? demanda Courtney, le visage sérieux et réfléchi.

— Quoi ?

— S’il ne t’intéresse pas un minimum, pourquoi tu m’en as parlé ?

Je fus incapable de prononcer un mot.

— Je te connais, Ava, annonça Courtney en s’appuyant sur la table. Je suis certaine que ça fait des jours que

tu penses à ça et que tu meurs d'envie d'en parler à quelqu'un. Je sais que tu veux en savoir plus sur lui, et je sais pourquoi.

— Et pourquoi, alors ? m'énervai-je. Pourquoi je veux en savoir plus sur lui, si tu sais tout de moi, Courtney ?

— Parce qu'il est brisé.

Mes mains se mirent à trembler. Je les serrai fort entre elles et détournai le regard, ne souhaitant plus affronter celui de mon amie.

— Il est brisé, et tu l'étais, toi aussi. Tu veux le sauver.

— Ça n'a rien à voir, me défendis-je.

— Ava… souffla-t-elle. Je ne veux pas que tu redeviennes celle que tu étais après la mort de ta mère juste parce que tu veux sauver quelqu'un.

— Tout le monde mérite d'être sauvé ! m'écriai-je en me levant. Tu ne sais pas ce que j'ai ressenti tout ce temps, tu ne sais pas ce que lui doit ressentir, quelque part ! Tout le monde a le droit d'être sauvé !

— Mais, Avannah, tu ne le connais même pas…

Mon souffle se coupa, et je m'aperçus soudain du ridicule de la situation.

Je voulais venir en aide à une personne avec qui je n'avais échangé que deux phrases.

— Tu te rends compte de l'état dans lequel tu te mets ? insista Courtney d'une voix douce.

Elle se leva à son tour et s'approcha de moi.

— Tu te revois en lui, dit-elle. Tu veux l'aider pour t'aider toi-même.

Je ne sus quoi lui répondre.

Je ne pus lui répondre.

Les larmes me montèrent aux yeux et Courtney me prit dans ses bras pour les empêcher de couler.

On ne guérit jamais vraiment, m'avait dit un jour mon père.

Il avait raison.

— Ava ? Ça va ? me demanda Courtney à mon oreille.

Je hochai la tête, mais je sentis sa mâchoire se contracter.

— Non, trancha-t-elle. Parle, s'il te plaît.

Je fermai les paupières, sachant pertinemment pourquoi elle me demandait ça.

— Oui, tout va bien, répondis-je enfin.

Et elle soupira de soulagement, puis me serra encore plus fort.

*

La vie était difficile, et je me demandais si réemménager dans cette maison avait été une bonne idée. Dans chaque pièce, je pouvais entendre les rires de ma mère et les paroles de mon père. Quand je jetais un œil par la fenêtre, je voyais l'enfant qu'avait été Jason Clayton courir dans le jardin. Les souvenirs se faisaient de plus en plus présents, de plus en plus forts. Et si difficiles.

Courtney me forçait à sortir souvent, ce qui me changeait les idées. Elle m'emmena plusieurs fois faire les magasins, et je parvins à décrocher des sourires face à ses essais de tenues extravagantes. À plusieurs reprises, Charlie, Alex et Alice nous accompagnèrent. Je pouvais remarquer les prunelles brillantes de ma meilleure amie à chaque fois qu'elle les posait sur le jeune homme à la peau basanée. Une fois, mon regard trouva celui d'Alice pendant que Courtney fixait le dos de Charlie, et elle me fit un sourire en coin. Elle aussi voyait tout, même si elle ne disait rien.

Un jour, nous traînions tous en ville en direction d'un snack qui avait une très bonne réputation, quand nous passâmes devant une pizzeria. Je reconnus l'enseigne, la même que celle inscrite sur la casquette de Jason Clayton.

Je ralentis sans même le remarquer, et mes yeux tentèrent de fouiller l'intérieur du bâtiment.

— Ava ? lança Courtney en s'arrêtant à son tour, à quelques mètres de moi.

Cesse de t'intéresser à lui, m'intimai-je.

Je n'étais pas attirée par Jason Clayton. J'étais attirée par son histoire et par son passé qui paraissait difficile.

Mais j'avais peur. J'étais atrocement effrayée à l'idée que ma curiosité prenne le dessus sur ma raison et que je fasse tout pour tenter de le retrouver. Il allait mal, j'en étais certaine. Si je m'enfonçais trop dans cette histoire, je risquais de faire renaître mes démons.

Mes yeux se tournèrent vers Courtney et, les mains dans les poches, je lui adressai un sourire en coin.

Non, je n'allais pas m'enfoncer dans l'histoire de Jason Clayton. J'allais profiter de ma nouvelle vie aux côtés de Courtney et de mes nouveaux amis. J'allais apprendre à les connaître et je tenterais de vivre l'histoire que je méritais.

À cet instant, le nom de Jason Clayton s'effaça de ma tête, et je courus en direction de ma meilleure amie qui me tendait la main.

*

De ce jour, tout changea du tout au tout.

Depuis la mort de ma mère, je m'étais contentée de survivre. Je me voyais comme flottant sur l'eau, au milieu de nulle part, le visage effleurant à peine la

surface. Parfois, l'océan m'engloutissait, et je devais battre des pieds pour pouvoir respirer.

Aujourd'hui, je parvenais à nager sans craindre de couler une nouvelle fois. Vivre avec Courtney était la meilleure décision de ma vie. Toujours présente pour moi, elle m'empêchait de sombrer dans des profondeurs abyssales. Nos journées d'été me remplissaient de joie. Charlie, Alex et Alice passaient presque chaque jour à la maison, et avoir des amis me permettait d'exister pleinement. Je me rendis compte à quel point l'amitié était une chose précieuse et irremplaçable. Je me surpris à m'interroger plusieurs fois sur la manière dont j'avais subsisté jusque-là. Sans sorties. Sans amis.

Je compris alors que je n'avais jamais vécu.

Mon père s'inquiétait énormément. Il appelait sur mon portable tous les jours, mais dès qu'il entendait ma voix emplie de bonheur, ses angoisses disparaissaient. Je culpabilisais de moins en moins de l'avoir laissé, car il paraissait aussi heureux que moi.

Il ne me disait pas tout, mais je ne comptais pas lui faire cracher les mots qu'il me taisait. Il finirait par m'en parler quand il trouverait le bon moment.

Avec Courtney et les autres, nous nous retrouvâmes souvent autour du même feu de camp que lors de notre première rencontre. C'était des instants que je quali-fierais de très intimes. Certains n'hésitaient pas à se confier sur leur enfance ou sur leur douleur. C'était tout de même étrange de les entendre échanger sur leur vécu. Je me contentais de lever les yeux vers le ciel étoilé et d'écouter leurs histoires.

— Parfois, je regrette New York, lança une fois Charlie.

— Tu habitais là-bas, c'est ça ? m'enquis-je en le regardant.

— Ouais, y'a quelques années maintenant… C'était vraiment dingue.

— T'as jamais visité la Floride, sourit Alex, rêveur. Les plages… Les vagues.

— Alex, pourquoi ne pas y retourner, de temps en temps ?

Ma question parut les décontenancer. Ils me regardèrent tous avec de grands yeux. Quand j'aperçus le visage d'Alex, je compris qu'il s'agissait de son secret.

— Oh, désolée… m'excusai-je en rougissant.

— Alabama, et si tu nous racontais un souvenir d'enfance ? proposa Charlie pour changer de sujet.

J'aurais pu lui être reconnaissante s'il avait posé une autre question.

En soupirant, je jetai un coup d'œil à Courtney qui m'adressa un sourire en coin. Je compris son message : *c'est à toi de choisir.*

— Quand ma mère était encore là, commençai-je, elle m'emmenait souvent regarder les étoiles. Elle me disait qu'elles lui permettaient de tenir quand ça n'allait pas, et que leur éclat apportait de la lumière dans sa vie.

Je levai les yeux vers les lueurs célestes. Tous contemplèrent alors le ciel, sauf Charlie, qui me fixait avec un sourire en coin.

— Ce sont de jolies paroles, murmura Alice.

— Un peu déprimantes, mais jolies, lança Alex.

Je lui envoyai des brins d'herbe sur le visage et nous nous mîmes tous à rire.

— Eh, ça vous dit un *action ou vérité* ? demanda Courtney en souriant.

— J'suis chaud ! répondit Alex.

Charlie et Alice s'exclamèrent de joie, et je ne pus qu'approuver, honteuse de n'y avoir jamais joué de ma vie, même si je connaissais le but du jeu.

— Je commence, décida Alice en se tournant vers Charlie. Charlie, action ou vérité ?

— Action.

— Quelle surprise… ironisa Courtney.

— Fume ma cigarette entièrement, âme innocente.

Charlie haussa les sourcils. Je songeai que l'action n'était pas très compliquée à faire quand je vis le jeune homme cracher ses poumons. Alice se mit à rire.

— Bordel, il y a quoi là-dedans ?

— Un peu d'herbe, c'est tout.

Je ne voyais pas Alice comme une rebelle. Ses bonnets ou ses bandanas lui donnaient une allure un peu différente de celle des autres, mais elle paraissait sage et mature.

— Pour Alabama, décida Charlie avec un clin d'œil. Action ou vérité ?

— Vérité, répondis-je sans réfléchir.

Merde.

— Quel est ton plus grand secret ?

Je sentis Courtney se raidir près de moi. Ma respiration s'accéléra ainsi que les battements de mon cœur.

Des secrets, j'en avais des tonnes. Mais celui que Charlie voulait connaître ne pouvait être prononcé. Et puis merde, un secret, c'était un secret ! De quel droit voulait-il savoir ça ?

Cependant, c'était le jeu. Si je me refusais à y participer…

Alors je déclarai la première chose qui me passait par la tête.

« Je connais Jason Clayton. »

Les souffles se coupèrent. Charlie fit tomber la cigarette qu'il tenait en main, Alice m'observa, les sourcils froncés et une expression interrogatrice sur le visage, et les poings d'Alex se serrèrent en signe de colère.

— Merde, comment ça se fait ? me questionna-t-il sèchement.

Je me demandais vraiment ce qu'il se passait dans ma tête. Je m'étais promis de ne plus prononcer le nom de Jason Clayton et de vivre ma vie comme s'il n'existait pas. Je ne devais pas m'intéresser à lui, au risque que le ciel finisse par me tomber dessus. Et voilà que je crachais le morceau.

Courtney répondit à ma place, un sourire sur le visage, mais la voix tout de même angoissée.

— C'était son voisin quand elle était gamine, expliqua-t-elle rapidement. Bon ! À moi ! Alex, action ou vérité ?

Personne ne l'écouta, les yeux braqués sur moi. Je vis comme une vague de déception passer dans le regard du surfer, et je ne réussis pas à décrypter les émotions qui émanaient de Charlie.

— Clayton était ton voisin ? continua Alex. Comment ça se fait ? Et pourquoi tu ne nous l'as pas dit avant ?

— Je n'en étais pas sûre.

— Je ne vois pas en quoi ça compte comme un secret, formula Charlie en croisant les mains.

C'était vrai. Pourquoi est-ce que je comparais Jason Clayton à un secret ?

C'était lui, le secret.

— J'en sais rien… tentai-je de répondre. Vu ce qu'il s'est passé la dernière fois, je ne pensais pas qu'il était vraiment nécessaire de le remettre sur le tapis.

— Tu viens pourtant de le faire, rétorqua Alex, mais il sembla vouloir oublier Jason. Et je suis d'accord avec Charlie. Dis-nous un véritable secret, Avannah Hatcher.

Je déglutis avec difficulté et recommençai à m'arracher les ongles.

— Je n'ai pas de secrets.

— Menteuse, dit Alex.

— OK, ça suffit, trancha Courtney en se levant. On ne joue plus.

Elle m'attrapa la main et je me levai à sa suite, pressée de m'en aller d'ici, mais Alex n'avait pas dit son dernier mot.

— Je comprends rien avec elle, lança-t-il. Pourquoi tu la couves tout le temps, Courtney ? Pourquoi tu la défends jour et nuit ?

— Je ne la défends pas.

— On ne peut rien dire sans que tu voles à sa rescousse.

— Alex, arrête ça, tu veux ? demanda Alice en se levant également.

— Non, je veux des réponses. Je veux savoir ce qui se trame vraiment avec elle.

Je me tournai vers lui. De quel droit osait-il prononcer ces paroles ? En l'entendant, on aurait pu croire que j'étais une psychopathe cachant son passé.

— Il y a des secrets qui ne se disent pas, Alex, répliquai-je en le regardant droit dans les yeux. Et tu le sais aussi bien que moi.

— T'es vraiment une fille bizarre… marmonna-t-il. Tu ne dis presque rien sur toi, juste que tu connais Jason Clayton de je n'sais où, puis tu t'enfuis à la première question. Qu'est-ce que tu as à cacher ?

— Et toi, Alex ? Qu'est-ce que tu as à cacher ?

Je me rapprochai de lui.

— Toi non plus, tu ne m'as rien dit sur toi. Tu es revenu de Floride il y a des années, tu as tabassé Jason Clayton sans même savoir pourquoi.

— Je l'ai regretté, se défendit-il. J'aurais changé les choses si je l'avais pu.

— C'est une belle intention. Mais il faut savoir pourquoi tu regrettes.

Alex serra les poings. Il semblait bouillir de colère.

— Comment tu sais ça, d'ailleurs ? fulmina-t-il. C'est Courtney qui te l'a dit, hein ?

— C'est moi qui le lui ai dit, s'avança Charlie en posant une main sur l'épaule d'Alex. Calme-toi, mec.

— J'en ai marre de ce Jason Clayton ! explosa-t-il. Des années que je n'entends plus parler de lui, et elle, elle débarque, et voilà que son nom est sur toutes les lèvres !

— Mais qu'est-ce qu'il t'a fait, Alex ? demandai-je alors, interloquée.

Il soupira et recula de quelques pas.

— Rien… Rien, il ne m'a rien fait.

Il prit ses affaires et partit en direction de sa voiture, sans un mot en plus. Charlie cria son nom, mais Alex ne se retourna pas.

— Bien joué, Ava, souffla Alice.

— Qu'est-ce que je devais faire, d'après toi ? lançai-je. Il m'a cherchée, tout à coup.

— Mais il a raison… répondit Charlie en baissant les yeux. On ne sait presque rien sur toi, Avannah.

Je fronçai les sourcils.

— C'est toi-même qui m'as dit que nous avions tous des secrets, Charlie. Et désolée, mais je ne suis pas prête à divulguer les miens.

— D'accord, s'interposa Courtney avec un soupir. J'crois qu'on va s'arrêter là pour ce soir. Allez, des câlins, des bisous, et on se barre.

Alice me prit dans ses bras ; elle ne semblait nullement m'en vouloir. Charlie parut un peu plus réticent, mais il finit par me dire au revoir avec un sourire en coin. Courtney et moi parvînmes à la voiture dans un silence pesant, jusqu'à ce qu'elle craque et qu'elle me fasse la leçon.

— Tu ne prononces plus jamais le nom de Jason Clayton devant Alex.

— Mais il s'est passé quoi, au juste ? Vous semblez tous au courant, contrairement à moi.

— Écoute…

Nous rentrâmes dans la voiture et Courtney démarra.

— Quand Alex est arrivé de Floride, il venait de vivre quelque chose… d'intense. Tout le monde au lycée le savait, et c'est à cause de ça que personne ne l'approchait. Alex n'était pas courtois, Ava. Il était tout le contraire. Alors, quand il a remarqué Jason et qu'il a commencé à le chercher, Jason s'est défendu. Il lui a parlé de ce qu'il s'est passé en Floride, et Alex lui en veut toujours pour ça.

— Mais qu'est-ce qu'il s'est passé, en Floride ?

— Tu finiras par le savoir, mais un autre jour, s'il te plaît.

J'acquiesçai, consciente d'être allée trop loin. En revanche, je comptais bien faire cracher la vérité à Courtney. Ma curiosité était trop grande, et je voulais savoir ce qui était arrivé à Alex des années auparavant.

Quant à Jason Clayton, je devais me faire à l'idée que j'étais dans l'impossibilité de l'extraire de mes pensées.

Avannah

« Les rencontres les plus importantes ont été créées
par les âmes
avant même que les corps ne se voient. »
Paulo Coelho

Je ne revis plus Alex durant plusieurs jours. Alice et Charlie passèrent quelques fois à la maison, mais le jeune surfer se faisait absent. D'une certaine façon, j'étais heureuse qu'il ne soit pas là. J'étais déjà bien assez mal à l'aise à cause de ce qu'il s'était passé.

Personne ne m'en voulait. Je commençai à me confier à Alice et Charlie sur ma vie d'avant, sous les encouragements de Courtney. Elle certifiait que c'était la meilleure chose à faire pour me rapprocher de ses amis.

Ils découvrirent que j'avais déménagé de Clarksville pour soigner ma mère. Le grand air lui avait permis de tenir plusieurs semaines de plus, mais elle n'avait tout de même pas survécu à son cancer. Alors, Alice m'avoua que son père l'avait aussi quittée quand elle était plus jeune, ce que je ne savais pas. Je me rendis compte que nous nous ressemblions plus que je ne l'avais imaginé.

Me retrouver seule en compagnie de Courtney me faisait aussi du bien. J'avais toujours eu l'habitude

d'être solitaire et être en présence constante de Charlie et Alice m'étouffait. Je les trouvais absolument merveilleux, mais ma solitude me manquait par moments.

Un après-midi, je décidai donc de partir me promener dans les rues de Clarksville, seule. Il régnait une chaleur écrasante. Les touristes qui daignaient sortir de leur location portaient le plus souvent des débardeurs et des shorts. Je n'avais jamais apprécié montrer mon corps, c'est pourquoi je m'habillais la plupart du temps d'un jean et d'un t-shirt. Et je n'avais finalement pas plus chaud que n'importe qui.

Malgré la touffeur, les rues étaient bondées de monde. Quand je passai devant l'enseigne d'une librairie, je m'arrêtai. C'était celle où je me rendais étant gamine ; elle était tenue par un monsieur très âgé qui n'avait jamais voulu prendre sa retraite.

Les souvenirs refaisant surface, j'entrai.

La disposition des étagères avait changé, ainsi que l'ordre de rangement des bouquins. Une femme se tenait derrière un comptoir, une main retenant sa tête et l'autre touillant un café visiblement froid. L'employé que j'avais connu durant mon enfance ne paraissait plus travailler ici.

La librairie possédait une odeur de papier ancien. Une ambiance chaleureuse régnait en ces lieux, et je m'infiltrai entre les étagères pour frôler les bouquins du bout des doigts. Je vis des enfants assis à même le sol dans le rayon jeunesse, dévorant des bandes dessinées ou des romans de leur âge. J'eus l'impression de me voir des années auparavant.

Une vieille femme feuilletait un livre de cuisine, et je me surpris à flâner devant des bouquins de jardinage. Un ouvrage retint mon attention, et je le fis glisser entre mes mains.

Les secrets de l'échinacée du Tennessee.

J'étais sur le point de l'ouvrir quand un bruit de chute me fit lever les yeux. Près de l'entrée, une pile de livres était tombée sur le sol. La libraire se précipita aux côtés d'un jeune homme pour les ramasser.

Ce dernier lâcha un « *excusez-moi* » et s'empressa d'aider la libraire à les remettre en place. Ses mèches noires tombaient devant ses yeux et sa peau blanche laissait apparaître de légers cernes sous ses prunelles sombres.

Le livre contre ma poitrine, je m'approchai d'eux. Il portait un sweat-shirt noir et je me demandais comment il pouvait le supporter par cette chaleur. Son jean de la même couleur témoignait de son manque de confiance en lui.

— Ce n'est rien, lança la libraire.

— Laissez-moi vous payer ceux qui sont abîmés, répondit-il.

À mon plus grand étonnement, il possédait une voix claire et limpide.

— Ne dites pas de bêtises, dit la propriétaire. Vous avez déjà acheté un roman, je ne vais pas vous faire payer toute la librairie.

— Merci beaucoup.

Jason Clayton ne décrocha pas un sourire en prononçant ces paroles.

De l'extérieur, on aurait pu croire à un jeune homme charmant voulant apporter son aide à la libraire, mais l'absence de joie sur son visage transmettait tout autre chose.

Il paraissait froid.

Ses yeux se levèrent sur moi.

Son regard était empreint de mystère. Je ne parvins pas à décrypter ses émotions ni à deviner ce qu'il pouvait penser. Il me fixa une seconde avant de sortir du bâti-ment, sans prononcer un mot de plus.

Je reposai le livre en rayon et sortis à mon tour de la librairie. La chaleur de l'extérieur m'écrasa, et je regardai dans toutes les directions, à la recherche d'un jeune homme en sweat-shirt noir. Il ne serait pas difficile de le retrouver au milieu de tous ces bras nus.

Je partis en direction du parc de Clarksville. Jason avait disparu en un éclair, mais je savais au fond de moi que notre rencontre dans cette librairie n'avait pas été une coïncidence.

Après une bonne dizaine de minutes à flâner dans les rues en regardant autour de moi, je finis par abandonner mes recherches.

Mon sac sur l'épaule, je continuai à me promener puis fis une halte à un stand de glace. Un cône en main, je me retrouvai en face du grand parc de la ville. Je m'arrêtai sur le trottoir et observai les enfants s'amuser et les couples se balader, jusqu'à apercevoir une silhouette en sweat-shirt noir.

J'étais prête à me remettre en chemin quand une femme perdit le contrôle de sa bicyclette juste devant moi. Je n'eus pas le temps de me déporter sur le côté que la roue avant heurta mes jambes. Ma glace s'écrasa sur le trottoir, et je tombai la tête la première sur le bitume. Mon crâne et ma joue me brûlèrent et j'entendis alors des cris de surprise. En ouvrant les paupières, je réalisai que des enfants et des adolescents m'observaient en s'esclaffant. Je leur lançai un regard courroucé.

La cycliste était un peu plus loin, pieds en l'air, fesses au sol, mais ne semblait pas plus blessée que moi. Elle se releva en un clin d'œil, son casque n'avait pas bougé du dessus de sa tête, et elle me tendit une main tremblante.

— Je suis vraiment désolée ! paniqua-t-elle. J'ai perdu le contrôle et…

— Ce n'est pas grave, réussis-je à articuler.

— Vous êtes sûre que ça va aller ?

Mes mains étaient égratignées. Je hochai la tête et une douleur me vrilla le crâne. En me mettant en position assise, le monde autour de moi tangua, et je me frottai les yeux pour apaiser les vertiges.

Je refusai la main de la jeune femme, prétextant aller très bien. À vrai dire, j'avais surtout envie qu'elle s'en aille et me laisse tranquille. Elle finit par reprendre son vélo et s'éloigner, non sans m'offrir mille excuses de plus.

L'intérieur de mon sac à main était éparpillé sur le sol. Mon jean était troué aux genoux et du sang chaud coulait sur mon visage. Je grimaçai, nauséeuse. La dernière fois que j'étais tombée de cette façon, je devais avoir cinq ans.

— Eh ? entendis-je.

Je levai les yeux. Il était assis à mes côtés, haletant, se frottant le visage. Il passa sa main dans ses cheveux ébouriffés. Je remarquai ses ongles rongés et les légères taches de son éparpillées sur son nez et ses joues. Il possédait un minuscule piercing noir à l'oreille droite, et je pris enfin conscience de qui il était.

Jason Clayton.

Jason Clayton !

Il se trouvait assis près de moi et me regardait bizarrement. Mes prunelles s'humidifièrent, de peur ou de douleur peut-être, ou simplement à cause du choc d'avoir enfin ce jeune homme en face de moi.

— Eh ? répéta-t-il.

Sa voix me fit redescendre sur terre. Je me précipitai brusquement sur mes affaires qui jonchaient encore le

trottoir et les rangeai dans mon sac avec une panique débordante.

— Eh ! lança Jason. Ça va ? T'as besoin d'aller à l'hôpital ?

Je le regardai sans parvenir à prononcer le moindre mot. Je me surpris à avoir peur de remonter plusieurs années en arrière, quand ma mère avait perdu la vie et que moi, j'avais perdu la voix.

Son regard ne lâchait pas le mien. Il m'aida à ranger mes affaires et me saisit par le bras pour me relever. Il était légèrement plus grand que moi, mais de quelques centimètres à peine.

M'avait-il reconnue ?

Il me tendit mon sac à main que j'attrapai et remis sur mon épaule. Les vertiges reprirent et je me tins à un lampadaire pour ne pas défaillir.

— T'as besoin d'aller à l'hôpital ? insista-t-il.

J'ouvris la bouche, mais aucun mot ne sortit d'entre mes lèvres. Je remarquai les passants qui nous lorgnaient tels des animaux de foire. Ma joue me faisait atrocement mal. Jason se pencha vers moi et j'eus un mouvement de recul. Il s'en aperçut et fit un pas en arrière.

— OK, je vais t'emmener aux urgences. Je crois que t'as besoin de points de suture.

Je hochai précipitamment la tête, et il s'écarta pour me laisser passer devant lui. J'avais le cœur qui battait à cent à l'heure.

Jason Clayton marchait derrière moi et j'eus un égarement à cette pensée. Je trébuchai et réussis à me rattraper à un panneau publicitaire. Jason posa une main sur mon dos et je crus m'évanouir.

— Eh, t'es sûre que tu peux marcher ?

J'acquiesçai.

— Est-ce que tu es muette ?

Sa question me prit au dépourvu et je m'arrêtai pour le fixer sans ciller. Examinant mon visage, ses sourcils se froncèrent et ce fut à cet instant-là que j'articulai :

— Non.

Il soupira, mais ne détacha pas son regard de mon visage. Gênée, je finis par baisser les yeux.

— On se connaît ? interrogea-t-il.

— Non.

— Est-ce que c'est le seul mot que tu saches dire ?

— Non.

Ma stupidité sur le moment me fit rougir jusqu'aux oreilles, mais, pour la première fois depuis que j'avais revu Jason Clayton, j'aperçus une ébauche de sourire sur son visage.

Et là, un drôle de sentiment me parcourut.

Jason m'accompagna jusqu'à sa voiture. Un 4x4 de la même couleur que ses vêtements, et cela ne me surprit pas. Il se pencha sur moi pour ouvrir la boîte à gants et me tendit des mouchoirs.

— Tu vas mettre du sang partout dans ma bagnole, si tu ne t'essuies pas, m'informa-t-il.

Je les pris avec un signe de la tête pour le remercier.

J'étais dans la voiture de Jason Clayton.

Je n'en revenais pas.

Toutes sortes de pensées tournoyaient dans mon esprit. L'enfant qui me faisait des signes de la main durant des semaines entières, puis le jeune homme qui me tendait plusieurs cartons de pizzas. La photo de classe de Courtney me revint en mémoire, ainsi que le visage renfermé de Jason. Je l'imaginais, assis constamment à cet arrêt de bus sans jamais en prendre un.

Il ne savait même pas qui j'étais.

Nous arrivâmes à l'hôpital en une dizaine de minutes, sans échanger une parole. C'était assez bizarre. J'avais

regardé la route sans ciller tout le long du trajet et parfois, je lui avais jeté un coup d'œil sans pouvoir m'empêcher de songer au fait qu'il était extrêmement beau.

Arrête, Ava ! C'est pas le moment !

— T'as quelqu'un à appeler ? me demanda Jason tandis que je détachai ma ceinture.

Je pensai une seconde à Courtney et me rappelai alors qu'elle passait l'après-midi chez Alice. J'ignorais où elle habitait et, surtout, je n'avais pas envie de la déranger.

Et je ne voulais pas que Jason parte.

Il m'ouvrit la portière sans même que je me rende compte qu'il était descendu de la voiture et m'accompagna jusqu'à l'intérieur. Je m'assis dans la salle d'attente pendant qu'il s'adressait à une infirmière. J'avais la sensation d'être dans un autre monde, et Jason parut s'en apercevoir. Sans doute le traumatisme de la chute qui, en y repensant, était complètement misérable.

Je crus qu'il allait partir, mais il s'assit à côté de moi sur le rebord de la chaise, jambes écartées et mains croisées. Son pied tapait le sol avec impatience. Ses yeux zigzaguaient entre le personnel soignant et les patients qui attendaient leur tour.

Une infirmière s'approcha de nous et me demanda :

— Votre nom ?

Jason se tourna vers moi et haussa les sourcils, dans l'attente d'une réponse. Il ignorait mon identité et doutait que je puisse prononcer un mot différent de « non ».

Il finit par soupirer.

— Elle ne parle…

— Avannah Hatcher.

L'infirmière acquiesça et nota mon nom sur une feuille avant de s'approcher d'un autre patient.

Jason sembla surpris de m'entendre parler, mais l'étonnement n'alla pas plus loin que ça. J'avais raison ; il ne m'avait pas reconnue.

Une infirmière vint me chercher et je laissai Jason seul, supposant qu'à mon retour, il ne serait plus là. Alors que je me retrouvais assise sur un lit des urgences, je me rendis compte que je ne l'avais même pas remercié.

Je me levai précipitamment pour le rejoindre, mais l'infirmier me retint.

— Restez là, ordonna-t-il. Je vais vous recoudre.

— Je ne l'ai pas remercié.

— Remercié pour quoi ?

La voix de Jason retentit à mes oreilles. Je poussai un cri de douleur en sentant l'aiguille piquer ma joue.

Jason vint se placer à ma droite, de sorte que je puisse l'observer. Il n'y avait aucun sourire sur son visage, mais il penchait la tête sur le côté.

— De m'avoir aidée, tout à l'heure.

Je n'aurais pas cru pouvoir sortir une telle réponse, mais cela me parut tout à coup naturel. Depuis que j'avais avoué mon nom, c'était plus simple.

— Oh, tu sais parler, maintenant ?

Je fis une grimace pendant que l'infirmier me recousait la joue. Je ne savais pas vraiment quoi dire à Jason. Les bras croisés, il examinait avec attention les gestes du soignant. Avait-il fini par me reconnaître ? S'était-il souvenu de notre rencontre, des années auparavant ?

L'infirmier termina son travail et me colla un pansement sur la joue. J'étais comme neuve.

— Allez, viens, je te ramène, me lança Jason avec un signe de tête.

Quand il m'avait livré les pizzas, il m'avait semblé froid et distant. Aujourd'hui, il se montrait étrangement serviable, malgré son absence constante de sourire.

Je le connaissais à peine, mais je savais qui était Jason Clayton. Il était brisé, et ce qu'il montrait n'était qu'un masque.

Je signai des papiers à l'accueil et nous finîmes par sortir de l'hôpital. Quand je confiai à Jason mon adresse, il marqua une pause et acquiesça. Le trajet se fit à nouveau dans un silence total.

Il se gara le long du trottoir, juste en face de la maison. Les rideaux étaient fermés, et je devinai que Courtney n'était toujours pas rentrée.

Je mis la main sur la poignée de la portière, mais ne l'ouvris pas. J'ignorais ce que je devais dire. Sortir sans un mot ? Le remercier ? Lui faire part de qui j'étais réellement ?

Mais je n'étais pas prête pour ça.

— Bon, et bien… Merci, dis-je en ouvrant la portière.

— Attends.

La porte se referma d'elle-même. Je me tournai vers Jason qui avait clos ses paupières, les deux mains sur le volant.

— Je te connais, Avannah Hatcher.

Sa voix n'était qu'un chuchotement. Je n'osais rien dire.

— Tu es… Tu es la petite fille qui habitait en face de chez moi, il y a des années de ça.

J'approuvai le plus lentement possible. Les mains sur le volant, il soupira.

— Qu'est-ce que tu fais ici ? Tu étais partie.

— Je suis de retour, répondis-je avec un sourire.

Il ne me le rendit pas.

— Tu n'es vraiment plus la même, souffla-t-il.

— Et toi alors… dis-je en songeant à l'enfant souriant que j'avais rencontré.

Ses yeux n'étaient plus aussi chaleureux qu'à l'époque. Dans son soupir, je pus ressentir des années de souffrances et de doutes. Ses mains tremblaient sur le volant.

— On a qu'à recommencer… proposai-je en tendant la main.

— Recommencer ?

J'acquiesçai. Il détailla ma main égratignée.

— Salut, Jason Clayton. Moi, c'est Échinacée.

L'esquisse d'un sourire apparut et rendit son visage plus beau qu'il ne l'était déjà. Il finit par me serrer les doigts. Sa peau était froide, mais douce.

J'étais fière d'être parvenue à lui arracher un sourire.

— Salut, Échinacée. Moi, c'est Jason Clayton.

Avannah

« *Prends garde à ne pas te perdre toi-même*
en étreignant des ombres. »
Ésope

J'observai la voiture de Jason rouler jusqu'au bout de la rue, puis disparaître.

Je ne pouvais parler de notre rencontre à quiconque. Courtney m'assommerait de questions, et Alex ne m'adresserait sans doute plus la parole. Notre relation était assez compliquée comme ça, pas besoin qu'il finisse par me haïr jusqu'à la fin de ses jours.

J'entrai chez moi et m'adossai à la porte en soupirant. Je songeai à Jason et me rendis compte qu'il était encore plus difficile à cerner à présent. D'abord froid et discourtois, il avait ensuite été serviable et gentil, mais paraissait pourtant fragile.

Oui, Jason Clayton était fragile.

Je l'avais remarqué à ses mains tremblantes et à ses ongles rongés, à son visage indéchiffrable quand il avait compris qui j'étais. Il semblait totalement égaré.

Était-il malheureux ?

Je balançai mon sac à main sur notre vieux canapé et grimpai les escaliers jusqu'à la salle de bain. Dans le miroir, je pus contempler un visage souillé de sang séché et de petites égratignures. Un pansement était collé sur ma joue.

Quelle bonne impression j'avais dû faire. Une fille maladroite et ridicule, à ne pas savoir décrocher un mot !

Super, pensai-je.

J'entrepris de frotter le sang séché qui maculait mon menton et de nettoyer les griffures sur mon front. Ma tête me faisait mal, mais ce n'était rien de grave. Courtney allait devoir m'aider à désinfecter ma blessure à la joue, car j'étais sûre de tomber dans les pommes si j'ôtais le pansement.

Je me souvins de l'ordonnance que l'infirmier m'avait donnée. J'avais été tellement hypnotisée par ma rencontre avec Jason que je l'avais complètement oubliée, tout comme ma voiture qui était restée garée sur le parking du centre de Clarksville. Comment avais-je pu être aussi étourdie ?

Je redescendis dans le salon. Je ne me voyais pas retourner la chercher à pied. J'avais l'impression que mes jambes pesaient une tonne et qu'elles me lâcheraient si je faisais un seul pas de plus. La meilleure solution était d'attendre Courtney, même si j'ignorais à quelle heure elle rentrerait.

Je regardai par la fenêtre qui donnait sur la rue. La maison d'en face semblait toujours vide, à l'exception d'un 4x4 noir qui trônait dans l'allée.

Interloquée, je sortis et descendis les marches du porche.

Quelle chance y avait-il pour qu'un 4x4 noir autre que celui de Jason soit garé devant son ancienne demeure ? Est-ce qu'il y habitait encore ?

Les bras croisés, je décidai de traverser la route. Quand je me retrouvai devant la porte d'entrée, je me rendis compte que c'était la première fois que je dépassais le trottoir.

Hésitante, je frappai et attendis plusieurs minutes, mais personne n'ouvrit. Je restai un instant sans bouger, me demandant ce que je faisais là et pourquoi mes pas m'y avaient portée.

Un sentiment d'espoir me rongeait, sans que je susse pourquoi. Mais je réussis enfin à me retourner et à rentrer chez moi, les idées floues.

*

— Ava ! Qu'est-ce qu'il s'est passé ?

J'étais assise sur le canapé et regardais un épisode de *Friends* que j'avais déjà vu une dizaine de fois quand Courtney déboula dans le salon. Le sourire à ses lèvres disparut lorsqu'elle remarqua l'énorme pansement sur ma joue.

Elle s'affala à mes côtés et je reculai avant qu'elle ne me touche le visage.

— Je suis tombée en ville.

Je ne comptais pas lui dire que c'était de cette façon que j'avais rencontré Jason Clayton, même si j'en mourais d'envie.

— Je suis allée aux urgences, expliquai-je. Mais j'ai oublié ma voiture sur le parking du centre-ville. Tu m'y emmènes ? Je ne veux pas qu'on me la vole.

— Comment tu as pu oublier ta voiture ?

— Euh… Quelqu'un m'a emmenée à l'hôpital après ma chute.

Je me rapprochais dangereusement de la vérité, et je me connaissais. J'étais incapable de cacher quoi que

79 

ce soit à ma meilleure amie. Je me mordis la lèvre, et Courtney se mit à sourire.

— Serait-ce un jeune homme canon qui t'y a emmenée ?

Elle lisait sur mon visage comme personne d'autre. Et si je lui racontais tout ? Qu'est-ce que ça m'apporterait ? D'ailleurs, Jason Clayton était-il canon ?

Je rougis à cette pensée et Courtney s'exclama :

— Ah ! Je le savais ! Comment se nomme l'heureux élu ? Ne me dis pas que tu t'es montrée avec cet horrible pansement sur le visage !

— Pire. J'avais le visage en sang après cette chute.

— Bon, et son nom alors ? Tu as son numéro ?

— Calme-toi, il était simplement de passage.

J'étais à deux doigts de tout lui déballer. Ça me démangeait.

— Tu m'emmènes à ma voiture, oui ou non ? Je dois passer à la pharmacie.

— Allons-y avant qu'il fasse nuit.

La maladresse de Courtney au volant me donnait d'énormes frayeurs. Elle avait déjà oublié d'allumer les phares alors que la nuit était presque entièrement tombée et elle faillit écraser un piéton qui allait traverser la route. Je me tins à la poignée comme si ça pouvait changer quelque chose en cas d'accident.

— Bordel, Courtney ! T'as bu ou quoi ?

— Oh, ça va ! Arrête de faire ta trouillarde, on est en ville ici ! Il faut savoir se décoincer.

— Tu parles ! On va mourir avant d'arriver au parking !

Courtney soupira.

— Bon, tu me donnes des détails sur ce qu'il s'est passé, ou je dois t'extirper les mots de la bouche ? m'interrogea-t-elle en s'engageant sur la droite.

— Je suis tombée sur le trottoir, c'est tout.

— Quoi ? Avannah ! Comment tu as pu faire ça juste en chutant ?

J'éclatai de rire sans le vouloir. Courtney avait une facilité déconcertante pour alléger les sujets les plus délicats.

— Bon, et alors ? Ce beau gosse qui t'a sauvé la vie ?

Je soupirai à mon tour. Elle était incorrigible à toujours vouloir tout savoir.

— C'était un garçon sympa, c'est tout.

— Avannah Hatcher… Je vois que tu me caches quelque chose.

Je me frottai le visage. J'avais les mots sur le bout de la langue. Je savais que j'allais tout lui avouer d'un moment à l'autre.

Je tournai mes yeux vers elle, et son regard angélique me fit craquer.

— OK, d'accord ! m'exclamai-je. C'était Jason Clayton.

— QUOI ?!

Sa surprise fut si grande qu'elle freina au dernier moment au feu rouge.

— Courtney ! Tu veux nous tuer ou quoi !

— C'est toi qui vas me tuer, Ava ! JASON CLAYTON !

— Je ne l'avais pas prévu !

— Tu parles d'une coïncidence ! Merde alors !

Nous finîmes par arriver au parking du centre de Clarksville sans une égratignure. Le silence était total. J'avais presque l'impression que Courtney m'en voulait que mon sauveur fut Jason.

— J'espère que tu es plus délicate quand tu soignes une plaie que quand tu conduis, lançai-je pour apaiser l'ambiance.

— Ava…

— Quoi ?

— Comment il était ? Jason ?

Je savais qu'elle attendait ma réponse avec impatience. La manière dont j'en parlerais lui apporterait de nombreuses indications sur ce que je pensais de lui.

— Il était… serviable. Poli. Il m'a ramenée à la maison.

— Et… ? Il t'a reconnue ?

— Oui.

Le regard de Courtney se fit plus intense.

— Il semble… perdu, formulai-je lentement. Il m'a paru fragile.

— Il a dû vivre énormément de choses.

Oui, songeai-je. *Énormément.*

Je revis ses mains tremblantes sur le volant et ses paupières closes tandis qu'il cherchait ses mots.

— Ava… commença ma meilleure amie. Je te connais par cœur.

— Et ?

— Et il est déjà en train de te hanter.

Je lui jetai un regard courroucé et sortis de la voiture sans un mot. Courtney ouvrit la portière à son tour et m'observa me diriger vers mon véhicule.

— Avannah, je ne vais pas te dire quoi faire, lança-t-elle de loin. Mais réfléchis bien, avant de…

Elle ne termina pas sa phrase.

Avant de faire une connerie. De me rapprocher de lui. De souffrir.

Courtney était terrifiée, et c'était compréhensible après ce que j'avais vécu.

Moi aussi, j'avais peur. En rentrant dans ma voiture, j'étais terrifiée. Terrifiée à l'idée d'en savoir plus sur Jason Clayton, de vouloir le connaître et le comprendre. Effrayée à la pensée de faire une énorme bêtise en me rapprochant de ce garçon brisé.

À la mort de ma mère, j'étais tombée dans le mutisme.

Ça avait été ma manière à moi de pleurer. Durant les semaines qui avaient précédé son décès, je n'avais pas versé une larme. Je m'étais terrée petit à petit dans le silence.

Mon père s'en était rendu compte plusieurs jours plus tard. J'avais tellement été silencieuse pendant la maladie de ma mère qu'il n'avait pas remarqué qui j'étais en train de devenir.

Courtney m'avait sauvée. Depuis, j'étais persuadée que certaines rencontres n'étaient pas seulement le fruit du hasard. Il y avait ces personnes qui n'étaient que de passage dans nos vies, rencontrées un soir et qui disparaissaient deux semaines plus tard. Puis il y avait ces rencontres qui nous permettaient de sortir la tête de l'eau. Ces personnes qui nous prenaient la main et nous forçaient à vivre.

Courtney était arrivée au bon moment dans ma vie, et elle ne l'avait pas quittée. Toujours là pour moi, elle s'assurait que mon mutisme ne refasse pas surface.

J'avais la certitude que Jason Clayton n'était pas de passage, lui non plus. Sauf que cette fois, j'avais l'impression d'être à la place de Courtney, prête à tout pour pouvoir l'aider à mon tour. Mais contrairement à ma meilleure amie, je n'étais pas assez forte. J'en avais bavé, et j'avais peur qu'en essayant de venir en aide à Jason, je n'eusse à nouveau besoin d'aide.

Courtney passa les jours suivants à nettoyer ma blessure à la joue. Elle m'assura que j'allais sûrement avoir une cicatrice, mais que le miracle du fond de teint réglerait tout ça. Je ne me maquillais pas trop, mais je lui promis de faire un effort.

Charlie et Alice vinrent plusieurs fois nous voir et s'inquiétèrent de ce qui m'était arrivé. Je me contentai de leur raconter la moitié de la vérité, sur le fait que j'avais chuté dans la rue. Contrairement à Courtney, ils ne posèrent pas plus de questions.

Alex paraissait toujours fâché, mais Alice m'assura de ne pas m'en faire et qu'il reviendrait sans doute d'ici peu en faisant comme si rien ne s'était passé. J'espérais qu'elle avait raison, car cette situation gênait le groupe entier.

Un matin, je décidai de me rendre dans un magasin de jardinage pour acheter des échinacées. Mes fleurs préférées et également celles de ma mère, que je n'avais plus pu sentir depuis de nombreuses années. Quand je trouvai les graines dans un rayon, une voix derrière moi me fit sursauter :

— Qu'est-ce que tu fais ici ?

Je me retournai. Les yeux noirs qui me fixaient étaient quasi dissimulés derrière de longs cils. Charlie me regardait avec un sourire en coin.

— Et toi, qu'est-ce que tu fais ici ? lançai-je en retour.

— Mon grand-père a besoin de quelques outils de bricolage. Les siens doivent avoir un demi-siècle, et je vais lui donner un coup de main.

— Si tu bricoles aussi bien que tu allumes une tondeuse, alors vous en avez pour un moment !

Charlie fit la moue avant de rire.

— J'achète des fleurs, finis-je par dire. Pour les planter devant la maison.

— Je pensais qu'il n'y avait que les vieux pour faire ça.

Je levai les yeux au ciel. Je songeai à Courtney qui me tuerait si elle savait que j'étais seule avec Charlie.

— Au fait, tu as quelqu'un en vue ? demandai-je sans réfléchir.

Merde, me dis-je. Quelle maladroite je faisais ! Il allait sûrement penser que je m'intéressais à lui.

— Pourquoi tu me demandes ça ? répondit-il avec un froncement de sourcils.

— Oh, et bien…

Mon cœur se mit à tambouriner dans ma poitrine. Comment me rattraper sans lâcher la vérité ?

— J'ai cru comprendre qu'Alice te plaisait, non ?

Et voilà que j'embarquais Alice dans l'histoire.

J'aurais mieux fait de me taire.

— Alice ? sourit-il. Non, pas du tout. Je ne suis pas son genre.

— Comment ça ?

— Elle préfère les cheveux longs et les courbes féminines.

Je haussai les sourcils, surprise.

— Oh ! Je ne savais pas !

— N'aie pas peur pour toi, ricana Charlie en se dirigeant vers les caisses. Elle fréquente déjà quelqu'un.

L'espace d'une seconde, j'avais été effrayée qu'Alice puisse s'intéresser à moi, mais je fus soulagée par les paroles de Charlie. Je n'étais pas attirée par les filles.

Il s'arrêta sans prévenir et je manquai de lui rentrer dedans. Il fixait quelque chose dans un rayon du magasin. Je suivis son regard et faillis m'étrangler.

— Ce ne serait pas Jason Clayton ? interrogea-t-il.

Jason était bien là, portant un jean délavé et un grand t-shirt noir. Il déambulait dans le rayon sans un mot et ne nous remarqua même pas.

— Je n'ai rien contre lui, me confia Charlie. Il a toujours été étrange, mais… C'est Alex qui lui en a toujours voulu.

— Parce que Jason a évoqué ce qu'il s'était passé en Floride ? demandai-je sans quitter le jeune homme brun des yeux.

— Ouais, mais c'est compréhensible. Alex n'a jamais été tendre avec Clayton. Au lycée, il y en a toujours qui martyrisent les autres… Alex s'en est pris à Jason durant des mois.

Ça, je n'étais pas au courant. Je savais qu'une bagarre avait eu lieu entre les deux jeunes lycéens, mais je n'avais jamais eu connaissance du fait que Jason avait été la victime d'Alex.

Il me dégoûtait de plus en plus.

— Charlie, on se voit un autre jour ? lançai-je.

— Bien sûr. À plus, Ala.

Il parut déconcerté par mon départ soudain, mais il ne posa pas plus de questions. Tandis qu'il se dirigeait vers les caisses, je m'approchai de Jason, mon sachet de graines d'échinacées à la main.

— Salut, dis-je en me plaçant à ses côtés.

Jason ne tourna pas les yeux vers moi. Il choisissait avec attention un sac de croquettes.

— Tu as un chien ? osai-je demander.

— Un malinois.

Il se saisit d'un énorme sac et se dirigea à son tour vers les caisses, puis il remarqua le sachet de graines que je tenais.

— Des échinacées.

Sa voix avait des accents étonnés.

— Mes fleurs préférées, soufflai-je.

— Je sais.

Sa réponse me surprit, mais je ne posai aucune question. Il attrapa mes graines et les déposa à côté du sac de croquettes.

— Mais…

— Vingt-six dollars et cinquante-huit cents, informa la caissière.

— Non, attendez ! Jason…

Trop tard. Sa carte bancaire toucha la machine et le ticket de caisse en sortit.

— Passez une bonne journée, salua l'hôtesse.

Jason hocha la tête sans un mot et s'engagea vers la sortie, les croquettes sur le bras et mon sachet de graines en main. Arrivé à sa voiture, il me le lança et lâcha :

— Pour la dernière fois. Je t'en devais une.

— La dernière fois ? questionnai-je.

Il ne répondit pas et grimpa au volant. Le moteur s'alluma et Jason Clayton sortit du parking sans un au revoir.

Et moi, je l'observai s'en aller, le sourire aux lèvres, sans savoir pourquoi.

Avannah

Assise sur le sol terreux, je plaçais les graines d'échinacées juste devant le porche. Mes ongles étaient souillés de terre et mon jean taché d'herbe.

J'avais l'impression d'avoir ma mère à mes côtés. La dernière fois que j'avais planté des échinacées, elle avait été près de moi, à les arroser après mon passage. Je pouvais presque entendre sa voix.

— Avannah ?

Courtney descendit les marches avec grâce. Elle portait un short délavé avec un débardeur noué au-dessus du nombril. Ses cheveux blonds étaient attachés en une haute queue de cheval.

— Alex organise une soirée chez lui ce soir, m'informa-t-elle tandis que je me levais. Tu m'accompagnes ?

— Je ne crois pas que ce soit une bonne idée, répondis-je.

— Ce serait l'occasion pour vous de vous réconcilier.

Un rire ironique s'échappa d'entre mes lèvres.

— Je ne suis pas sûre que…

— Allez ! Ça te changera tellement les idées ! Je crois que tu n'es jamais allée à une fête de ta vie.

— Bien sûr que si, rétorquai-je. Une fois, et c'était le bal du lycée…

— Tu parles d'une fête !

Je soupirai et elle m'attrapa la main pour m'entraîner à l'intérieur.

— Tu as vu de quoi j'ai l'air ? ripostai-je en grimpant les escaliers à sa suite. Avec mon pansement sur la joue, je ressemble…

— À Avannah Hatcher. Tu ressembles à Avannah Hatcher, dans toute sa maladresse !

— C'est toi qui es censée être maladroite…

Elle m'envoya une robe d'été dans la figure et entreprit d'enlever mon pansement pour regarder ma blessure.

— Quand est-ce que tu dois aller te faire enlever tes points ? demanda-t-elle en désinfectant la plaie.

— Vendredi après-midi.

— Je ne pourrai pas être là, Ava. J'ai l'anniversaire de ma cousine.

— J'irai seule, il n'y a pas de soucis.

Elle remit un pansement propre sur ma joue avant de me regarder avec un grand sourire sournois.

— Quoi ? m'enquis-je.

— Et si tu demandais à Jason de t'accompagner ?

Je rougis jusqu'aux oreilles.

— Ça va pas ? Pourquoi je lui demanderais de venir ? On s'est à peine adressé la parole !

— Ce serait une bonne occasion de vous connaître ! lança Courtney.

— J'y crois pas… soupirai-je. Tu m'ordonnes presque de ne pas l'approcher, et voilà que tu veux que j'apprenne à le connaître !

Courtney abandonna son sourire.

— Je ne t'ai pas ordonné de ne pas l'approcher, Avannah. J'ai peur que son passé ne te marque, mais quelque part, je me dis que vos histoires sont semblables… Et que vous pourriez vous entraider.

Je fronçai les sourcils. Je ne comprenais absolument pas Courtney et ses paroles contradictoires.

— Je n'ai qu'à l'inviter à la soirée d'Alex, dis-je en enlevant mes vêtements pour enfiler la robe.

— Ça, c'est la pire idée du siècle.

Nous rîmes toutes les deux et elle m'aida à me coiffer. Mes cheveux ondulés et bruns n'arrêtaient pas de se dresser en épis sur ma tête, et elle finit par me les attacher.

Je repensai à son idée de demander à Jason de m'accompagner à l'hôpital. On pourrait très bien aussi aller quelque part, après ça. Qu'est-ce qu'il me prenait, d'un coup, à vouloir sortir avec Jason Clayton ? Il prendrait sûrement peur en me voyant bégayer devant lui une demande de rancart aux urgences.

Bordel, qu'est-ce que je pouvais être bizarre, moi aussi.

Je finis par m'imaginer une soirée sous les étoiles en l'absence de ma mère. J'avais besoin de les voir.

Le regard de Courtney se posa sur mon visage.

— Tu es très belle, Ava. Tu ressembles à ta mère.

Ce compliment était le plus beau que l'on pouvait m'offrir. J'avais toujours trouvé ma mère magnifique, avec ses grandes prunelles noisette et son teint blanc comme la neige.

— Tu veux me faire pleurer avant la fête ? demandai-je à Courtney en riant.

— Tu peux tant que tu n'es pas encore maquillée.

Je souris et entrepris de mettre un peu de mascara sur mes cils. Je détestais tant le rouge à lèvres que je n'en avais plus mis depuis que Courtney m'y avait forcée pour le bal de promo de mon lycée. Je m'en souvenais comme si c'était hier : venue de Clarksville jusqu'en Alabama une semaine avant la fête, Courtney m'avait emmenée faire toutes les boutiques de l'État pour trouver la robe idéale.

— Ça suffira, affirmai-je.

— Allons-y alors !

Nous sortîmes de la maison et je demandai à Courtney de me laisser conduire. Il était hors de question pour moi de mourir aujourd'hui. Elle rit en me lançant les clés que j'attrapai au vol. C'est alors que j'aperçus Jason de l'autre côté de la rue.

Il descendait de son 4x4 noir et se dirigeait vers son ancienne maison.

Mes doutes étaient donc fondés. Jason Clayton habitait toujours en face de chez moi, même une dizaine d'années plus tard. Cela me fit bizarre de le voir là, juste devant la maison de mon enfance.

Au final, peu de choses avaient changé.

— Arrête de le bouffer des yeux, pouffa Courtney à mon oreille, et je sursautai.

— Qu-quoi ? Je ne le bouffe pas des yeux !

Elle me lança un regard plein de sous-entendus et je ne pus m'empêcher de sourire.

— Attends-moi deux secondes, d'accord ?

Courtney approuva d'un air amusé. Je traversai la route au moment où Jason ouvrait sa porte d'entrée.

— Jason ! lançai-je.

Il s'interrompit et se retourna en soupirant. Interloquée, je m'arrêtai à plusieurs pas de lui. Pourquoi semblait-il irrité par ma présence ?

— Ouais ? répondit-il.

Face à l'expression qu'il arborait, j'eus tout de suite moins envie de lui proposer de m'accompagner vendredi.

— Euh… Je dois aller à l'hôpital après-demain, vers quatorze heures.

— Et ?

— Je me demandais si t'accepterais de venir avec moi. On pourrait faire un truc, juste après.

— Non, désolé.

Sa serviabilité et sa politesse s'étaient envolées aussi vite qu'un papillon. Quand il vit ma mine renfrognée, il tenta de se rattraper.

— J'ai déjà quelque chose de prévu, Ava. Je ne peux pas.

Je hochai la tête lentement.

— C'est pas grave, répondis-je avec un faux sourire.

Au fond, j'étais atrocement déçue qu'il ait décliné ma proposition. Je me retournai et me mis à courir vers la voiture sans même lui dire au revoir. Après tout, lui ne le faisait jamais.

— Qu'est-ce qu'il a dit ? s'enquit Courtney tandis que je m'installais au volant.

— Il a dit non.

— Quoi ? Quel con !

Après ça, Courtney l'insulta durant tout le trajet, le traitant de « petit salaud qui ne savait pas ce qu'il ratait avec moi » et de « petit arrogant qui ne connaissait pas l'ordre de ses priorités ». Je ne répondis pas, en colère contre Jason, mais également contre moi-même pour avoir osé lui proposer ça.

Je ne le connaissais pas. Peut-être qu'il possédait des tonnes d'amis et qu'il était très heureux dans sa vie. Peut-être même qu'il avait une petite amie et que toutes mes questions au sujet de son possible mal être n'avaient pas lieu d'être.

Sans doute que ma présence l'importunait plus qu'autre chose.

— Allez, Ava ! Cesse de te prendre la tête ! s'exclama Courtney tandis que nous débouchions dans la rue d'Alex.

— Waouh ! C'est chez lui tout ce monde ?

Des tonnes de voitures étaient garées en file indienne le long des trottoirs. Je me plaçai derrière un pick-up blanc et coupai le moteur.

— Ne fais pas cette tête, Ava. Ce n'est qu'une petite soirée.

J'étais heureuse d'avoir pris ma propre voiture pour venir. Il était hors de question que j'ingère une seule goutte d'alcool et au premier dérapage, je comptais bien rentrer chez moi.

Nous nous dirigeâmes vers la magnifique demeure d'Alex. La nuit tombait rapidement sur Clarksville malgré les quelques rayons de soleil qui illuminaient encore l'horizon. Une musique assourdissante se faisait déjà entendre, et je plaignis les voisins qui allaient vivre une nuit sans sommeil.

La maison s'élevait sur plusieurs étages. Des amis d'Alex – était-ce possible d'en avoir autant ? – étaient tranquillement assis dans le jardin, d'autres s'accoudaient aux fenêtres et certains fumaient des cigarettes à côté de la piscine.

Ce n'étaient sûrement pas des cigarettes, d'ailleurs.

Alice vint à notre rencontre et nous serra dans ses bras.

— Heureuse que tu sois venue, Ava. Venez, je vais vous mener à Alex.

L'intérieur empestait déjà l'alcool. Des projecteurs de toutes les couleurs m'éblouirent. Une dizaine de personnes dansaient au milieu du salon réaménagé, tandis que d'autres s'occupaient de sortir de nouvelles bouteilles d'alcool. De nombreuses jeunes femmes étaient habillées très court, laissant voir leurs longues jambes sveltes et leur peau parfaite. Dans ma robe d'été, je ressemblais à une petite fille.

Je n'allais pas rester très longtemps. Juste de quoi faire plaisir à Courtney.

Alex discutait avec un grand blond très baraqué quand il nous vit arriver.

— Eh, salut Courtney.

— Salut Alex !

Je tentai d'esquisser un sourire.

— Salut, dis-je en le regardant. Comment ça va ?

— Ça peut aller, Ava. Content que tu sois venue.

Il me donna une tape affectueuse sur l'épaule qui me fit perdre l'équilibre, mais ce geste me prouva qu'il avait oublié notre légère altercation.

Courtney et Alice discutèrent avec Alex un long moment, au sujet des personnes invitées à sa fête. Je tournai sur moi-même et observai cette soirée si étrange pour moi. On me bouscula à plusieurs reprises sans m'adresser la moindre excuse, et je finis par rejoindre le bar et me servir un verre de jus d'orange. Heureusement pour moi, il n'y avait pas que de l'alcool.

La musique résonna à mes oreilles une longue partie de la soirée. Aux alentours de minuit, les premiers pas de travers débutèrent.

Certains jouaient à des jeux d'alcool que je ne connaissais pas, et la plupart des filles se retrouvèrent en sous-vêtements à califourchon sur des garçons qui leur tripotaient le corps. D'autres finirent par vomir aux

quatre coins de la pièce, et le volume de la musique augmenta à plusieurs reprises jusqu'à me percer les tympans. L'odeur de l'herbe me donnait des nausées et je décidai de sortir dans le jardin, mais le spectacle était tout aussi horrible. De nombreuses personnes se baignaient tout habillées dans la piscine.

— Eh, Ava ! Tu t'amuses bien ?

Charlie me sortit de mes pensées en me touchant l'épaule. Il avait un verre à la main, et ses yeux rouges témoignaient de son état d'ébriété.

— Ouais, ça peut aller… mentis-je en croisant les bras. Mais je vais bientôt y aller.

— Oh, Avaaaaaaaaaaa !

Un rouquin s'avança vers nous, avec un taux d'alcoolémie manifestement supérieur à la moyenne. Je ne le connaissais absolument pas. Il posa son bras sur l'épaule de Charlie avec un sourire béat.

— C'est elle, Ava, alors ? lui demanda-t-il. Elle est toute jolie, dis donc !

— Charlie ? interrogeai-je.

Ce dernier m'adressa un regard d'excuse.

— Avannah allait partir, dit-il à son ami.

— Déjà ? s'exclama celui-ci en se dirigeant vers moi. Mais la fête vient à peine de commencer !

Je fis plusieurs pas en arrière pour échapper à l'haleine de ce type qui s'approchait beaucoup trop près de moi.

— Nat, laisse-la tranquille, lança Charlie en posant sa main sur son épaule.

— Tu permets, Charlie ?

Je le vis froncer les sourcils et jeter son verre sur le sol.

— Je ne te permets pas, Nat. Maintenant, dégage.

Mais l'alcool empêchait le nouveau venu de raisonner correctement et il continua à s'approcher de moi tandis que je reculais au fur et à mesure. Il m'attrapa par la taille et je ne pus me retenir de lui assener une gifle.

Pour qui se prenait-il ?

Il toucha sa joue endolorie et son visage se contracta sous la colère. Ses yeux me lancèrent des éclairs.

— Salope ! s'exclama-t-il.

Ses mains m'attrapèrent les épaules et il me poussa en arrière. Je retins ma respiration. Sur le rebord de la piscine, je ne pus me rattraper et je tombai dans l'eau.

Ma tête heurta celle de quelqu'un et je coulai. Comme je battais des pieds pour remonter à la surface, des mains se posèrent sur mon crâne pour me faire sombrer.

Je me débattis, griffant les bras de celui qui me maintenait sous l'eau. La panique me submergea et j'ouvris la bouche sans faire attention. Je n'avais plus d'air et la force commença à me manquer. On me lâcha enfin, et des mains m'attrapèrent sous les aisselles pour me ramener sur la terre ferme.

À quatre pattes sur l'herbe, je toussai comme jamais. Mes oreilles bourdonnaient, et je perçus des bribes de rire. La voix de Courtney retentit.

— AVA ! Est-ce que ça va ?

Elle dégagea mes cheveux de devant mon visage. Son regard était plus inquiet que jamais. Charlie se trouvait également à mes côtés. Perdue, je ne savais pas quoi penser de la situation.

Le dénommé Nat me regardait en riant aux éclats, et une colère sans nom grimpa en moi. Je me relevai, ignorant les paroles de Courtney, et poussai Nat de toutes mes forces. Il perdit l'équilibre.

— Espèce de salaud ! criai-je. T'as failli me noyer !

— C'est pas moi qui te maintenais la tête sous l'eau, alors calme-toi ! se défendit-il.

— Sauf que tu encourageais les autres à le faire ! intervint Courtney à l'adresse de Nat en me prenant le bras.

Tout le monde nous regardait. J'étais trempée de la tête aux pieds avec l'horrible besoin de cracher mes poumons, et des frissons de froid et de colère me faisaient trembler. Je me dirigeai vers Nat et lui assenai la seconde baffe de la soirée.

Il se serait jeté sur moi si personne ne l'avait retenu. Sous le feu nourri de ses insultes, je tournai les talons en direction des voitures. Courtney m'attrapa le bras. Je me dégageai en levant les mains au ciel.

— Laisse-moi, Courtney. Pour cette fois, laisse-moi.

J'étais dans une colère terrible. Elle me lâcha sans un mot et m'observa me diriger vers ma voiture. Elle trouverait bien quelqu'un pour la ramener.

Qui était ce dénommé Nat ? Pour qui s'était-il pris pour me jeter dans la piscine et encourager les baigneurs à me tenir la tête sous l'eau ? Et qu'est-ce que Charlie avait bien pu lui raconter pour qu'il soit tellement intéressé ?

Je ressentis une haine indescriptible envers lui. J'avais été à deux doigts de me noyer sous les mains de personnes ivres que je ne connaissais même pas et sous les yeux de ma meilleure amie.

Choquée, je retins des sanglots. J'avais failli mourir.

J'arrivai enfin devant ma voiture et remarquai avec horreur que celui qui s'était garé derrière moi m'empê-chait de sortir de la place. Je me frottai le visage avec lassitude et rangeai mes clés avant de partir à pied.

La maison était à plusieurs kilomètres de chez Alex, et le froid de la nuit me rongeait la peau malgré le fait que nous étions en plein été. J'allais arriver frigorifiée et sans doute malade, mais il était hors de question que je fasse demi-tour pour demander à quelqu'un de me ramener. Plutôt marcher des heures que retourner à cette stupide fête.

Mes chaussures me donnaient un mal de pieds horrible. Courtney avait voulu que je mette des talons, mais ça ne m'allait pas. Je préférais de loin les baskets et regrettais de ne pas avoir pensé à en prendre. Mes cheveux dégoulinaient dans mon dos et mon mascara avait sans doute coulé. Je me frottai frénétiquement les paupières inférieures pour tenter d'effacer le massacre, mais je n'étais pas sûre que cela fonctionne.

J'attrapai mon téléphone dans mon sac et examinai l'écran. Je l'éteignis en voyant « appel manqué de Charlie » et « message de Courtney. »

Le moteur d'une voiture se fit alors entendre et je me raidis quand je constatai qu'elle ralentissait. Rentrer à pied n'était peut-être pas la meilleure idée du siècle, surtout à minuit passé et en robe d'été.

La voiture se mit à ma hauteur et roula à ma vitesse. La vitre côté passager descendit, mais je ne me tournai pas vers elle.

— Tu veux peut-être te réchauffer, Échinacée ?

Je reconnus cette voix au premier mot. Délicate, grave, vibrante. Mes yeux se posèrent sur le visage de Jason et sur ses mèches rebelles. Il portait encore ses vêtements de travail. Je reconnus l'enseigne *You're my pizza !* sur son t-shirt. Il devait à peine terminer le boulot.

Je me souvins de notre conversation qui ne datait que de quelques heures.

— Non, merci, répondis-je froidement.

Je leur en voulais à tous, à lui qui avait décliné ma proposition, à Nat et à tous ces gens qui avaient voulu me noyer, à Courtney qui m'entraînait dans des fêtes qui

n'étaient pas pour moi, et à ce putain de gars qui s'était garé trop près de ma voiture.

Je détournai le regard et regardai devant moi en l'ignorant.

— OK, tu veux mourir de froid ? interrogea-t-il.

Je ne répondis pas.

— Libre à toi.

Mais je l'entendis soupirer.

— Monte dans cette voiture, Ava.

— Je préfère marcher.

— Ava, monte !

Le ton de sa voix s'était teinté d'un soupçon de colère et de lassitude. Je l'observai, interloquée.

— Pourquoi tu tiens tant à ce que je monte ? demandai-je.

— Parce qu'on est en pleine ville au beau milieu de la nuit, et que des tarés traînent partout à cette heure-ci.

Je m'arrêtai. Jason Clayton s'inquiétait-il pour moi ?

— Tu saignes.

Sa voix tremblait. Je posai mes doigts sur ma joue ; un liquide poisseux en coulait. Mes points de suture s'étaient arrachés.

— Allez, viens, lança-t-il doucement.

Comment lui en vouloir d'avoir refusé ma proposition quand sa voix était empreinte de tant de gentillesse ?

Je grimpai sur le siège passager et attachai ma ceinture. Il attrapa un plaid à l'arrière et me le tendit.

— Mets ça sur tes épaules, me proposa Jason.

Je le remerciai et m'enveloppai dans la chaleur de la couverture. Jason démarra et roula dans les rues sombres de Clarksville.

— Qu'est-ce qu'il s'est passé ? s'enquit-il doucement.

Regardant par la fenêtre, je ne répondis pas. Je n'avais aucune envie de parler des récents événements.

Pas maintenant, en tout cas.

— Je vais tremper ta voiture, dis-je dans un frisson.

— Tu as déjà mis du sang sur la poignée.

— Désolée.

Jason semblait compréhensif face à mon mutisme concernant la fête d'Alex. Peut-être préférait-il le silence, lui aussi.

Nous arrivâmes en quelques minutes dans notre quartier. Jason se gara dans son allée et je sortis de la voiture en tremblant. Je me retournai et constatai que le siège était gorgé d'eau.

— Vraiment désolée, m'excusai-je en fermant la portière.

— C'est rien.

J'allais le remercier et rentrer chez moi quand je me mis à rire. Jason me regarda d'un air étonné.

— Qu'est-ce qui est si drôle ? demanda-t-il.

— C'est Courtney qui a les clés de la maison, l'informai-je en riant toujours.

— Et ?

— Et Courtney n'est pas là !

Je me sentis ridicule à rire de la sorte, mais c'était plus fort que moi. Ce qu'il s'était passé chez Alex semblait me rattraper et me mettre dans un état assez étrange.

Jason me regarda sans un sourire.

— Viens chez moi, dit-il simplement.

— Quoi ?

— En attendant ton amie, viens te réchauffer chez moi. Je ne vais pas te laisser dehors.

Je restai ébahie face à sa proposition.

Décidément, je n'arrivais pas à cerner Jason Clayton.

Je hochai la tête et, enroulée dans la couverture, je passai devant lui et entrai dans la maison. La pièce principale ne comportait pas beaucoup de meubles, seulement

une étagère, un vieux canapé et une télévision, mais il y régnait une ambiance chaleureuse. Je fus surprise par le nombre d'instruments de musique qui étaient entreposés contre les murs.

Un clavier trônait au fond, aux côtés de deux guitares sèches et d'une électrique. La vue de ces instruments fit émerger de nombreux souvenirs. Je revis mon père gratter les cordes de sa guitare au coin de la cheminée, chantonnant des notes mélodieuses et graves à l'oreille de ma mère.

Mes pas se dirigèrent vers le clavier et je frôlai les touches du bout des doigts.

Je sentis brusquement les mains de Jason se poser sur mes frêles épaules pour m'ôter la couverture humide. Mon cœur s'emballa légèrement.

— Va prendre une douche, lança-t-il. Tu trouveras une serviette sur l'étagère, ainsi qu'un t-shirt propre et un jogging.

— Merci.

Sentant son regard posé sur moi, je grimpai les escaliers sans un mot. Je remarquai que l'endroit où Courtney et moi avions entreposé des cadres photo était totalement vide chez Jason.

Quand j'entrai dans la salle de bain, l'odeur de la vanille me prit au nez. J'adorais cet arôme. J'ouvris les robinets avant de me déshabiller, de poser ma robe trempée dans le lavabo et d'entrer dans la douche.

L'eau coula sur mon visage, sur ma peau nue, et me réchauffa. Je repensai à la soirée d'Alex, et tout finit par me retomber dessus. Les rires des fêtards, l'alcool qui coulait à flots, la bousculade de Nat, ma chute, la tentative de noyade.

Tous étaient dans un tel état d'ébriété qu'ils ne s'étaient pas rendu compte une seule seconde de ce qu'ils étaient en train de faire.

Je songeai à mon père, seul, dans sa grande maison à la campagne. Qu'aurais-je donné pour y retourner ? Le bruit du vent dans les arbres, les champs de blé à perte de vue, les étoiles qui se reflétaient dans les yeux de mon père.

À Clarksville, il n'était même pas possible d'observer les étoiles, tant les lumières de la ville les dissimulaient aux regards.

Une larme m'échappa et se mélangea à l'eau de la douche. Depuis que j'étais revenue ici, je ne l'avais pas regretté une seule fois, mais la catastrophe de la soirée d'Alex me montrait bien que je n'avais pas ma place dans les milieux festifs et alcoolisés.

J'aimais Courtney plus que tout ; parfois trop, peut-être. J'étais capable de tout faire pour elle, quitte à accepter de l'accompagner à une soirée que je n'allais pas apprécier.

L'été était long. Trop long.

— Avannah ?

Jason toqua à la porte. Cela faisait bien trop longtemps que je traînais sous la douche.

— Tout va bien, dis-je. J'arrive.

Je me séchai rapidement avant de mettre la main sur les vêtements rangés dans le placard. En les enfilant, je me rendis compte qu'ils étaient bien trop grands pour moi, mais je m'en fichais. J'étais sèche et au chaud, et c'était tout ce qui comptait.

Je redescendis les escaliers d'un pas incertain pour trouver Jason assis sur le canapé, les yeux sur son téléphone. En me voyant arriver, il alluma la télévision, sans doute pour éviter un silence gênant.

— Merci pour tout, formulai-je en croisant les bras.

— Assieds-toi, lança-t-il en se levant pour se rendre à l'étage.

Mes yeux tombèrent sur la télévision qui diffusait un énième épisode des *Simpsons* quand Jason redescendit, une boîte à pharmacie dans les mains. Il s'installa à mes côtés et en sortit un coton et du désinfectant.

— Qu'est-ce que tu fais ? demandai-je.

— Ta joue n'est pas jolie à voir. J'sais pas ce qu'il s'est passé, mais tous tes points sont arrachés.

J'eus un léger mouvement de recul quand il approcha sa main de ma peau pour nettoyer la plaie au mieux. Je fis une grimace en sentant un picotement.

Jason Clayton n'avait jamais été aussi près de moi. Son visage angélique se tenait à quelques centimètres seulement du mien. Ses yeux bruns constellés de taches claires étaient posés sur ma blessure tandis que les miens l'examinaient sous toutes les coutures, en passant par chaque mèche de ses cheveux sombres qui tombaient sur son front, son nez droit parsemé d'éphélides invisibles de loin, ses lèvres fines et rosées qu'il plissait et son teint blanc contrastant parfaitement avec la couleur de ses prunelles. Il possédait une légère cicatrice à l'arcade sourcilière, presque imperceptible.

Ses joues se mirent à rosir, et je fis un sourire en coin en baissant les yeux.

Jason Clayton était beau. On ne pouvait pas le nier.

— Tu fais de la musique depuis longtemps ? demandai-je.

— Plusieurs années.

— Tu es doué ?

— Je pense.

Je fronçai les sourcils et il me posa délicatement un pansement sur la joue.

— T'es comme neuve, lança-t-il en rangeant la boîte à pharmacie.

— Merci.

Jason évitait de me regarder dans les yeux, et je le remarquais de plus en plus. La seule et unique fois où ses prunelles avaient fixé les miennes, c'était dans cette librairie, après avoir fait tomber cette pile de livres.

Il alla dans la cuisine et m'apporta un verre d'eau sans rien me demander, puis s'installa dans le canapé pour regarder la télévision.

Je fis de même, mais je ne pus m'empêcher de lui jeter des coups d'œil tout le long de l'épisode des *Simpsons*. Et ce que je constatai était son éternelle absence de sourire.

Même aux passages drôles qui méritaient un rire de ma part, Jason n'esquissait pas un geste.

— Est-ce que… est-ce que tu jouerais quelque chose au clavier, pour moi ?

Il croisa les bras et soupira avant de secouer la tête.

— Et un morceau à la guitare ?

— Et si tu te contentais de regarder la télé ? répondit-il sans me regarder.

Je fis la moue avant de me retourner vers la télévision. Mais pour être honnête, les *Simpsons* ne m'intéressaient pas vraiment.

— Tu vas me dire ce qu'il s'est passé, pour que tu te retrouves trempée ? interrogea Jason.

— Pourquoi devrais-je répondre à tes questions alors que tu me remballes ?

— Je ne t'ai pas remballée, Avannah.

— Oh, je comprends. C'est sûrement ta façon d'être gentil avec les gens, alors, me défendis-je en croisant les bras.

Jason leva les yeux au ciel sans répliquer. Apparemment, mes paroles ne méritaient aucune réponse de sa

part, et je soupirai le plus fort possible pour témoigner de ma présence, mais ça n'eut aucun impact sur lui.

— Tu devrais dormir, finit-il par dire.

— Je ne suis pas fatiguée.

— Il est presque deux heures du matin.

Jason me regarda enfin. Il plongea ses yeux dans les miens et son regard m'empêcha de prononcer la moindre parole. Un infime sourire apparut sur son visage, et il chuchota :

— Tu es insupportable.

Je souris à mon tour sans le lâcher des yeux et, finalement, je réussis à parler au bout de plusieurs longues secondes. Son regard m'aida à choisir mes mots.

— À la fête d'Alex… Ils étaient tous bourrés, et on m'a poussée dans la piscine.

Ma respiration s'accéléra en repensant à cet événement et j'arrachai la peau autour de mes ongles. Je sentis Jason se raidir à mes côtés et fixer la télé en serrant les poings.

— Il y en a qui… qui m'ont empêchée de remonter à la surface. Je crois que Courtney m'a aidée et m'a tirée de là, mais sans elle…

— Alex ? Tu parles d'Alex Kaynes ? lança-t-il.

Le ton de sa voix était sec et tranchant. Je levai le regard vers lui et remarquai les veines saillantes de son cou.

— Ouais… dis-je doucement. Alex Kaynes.

— Bordel…

Jason se leva et se dirigea vers la cuisine. Je le suivis, consciente que mes mots faisaient remonter des souvenirs douloureux à la surface de sa mémoire.

— Alex Kaynes… articula-t-il en frottant son visage. Il n'est absolument pas fréquentable, Avannah. Je ne comprends pas comment tu as pu atterrir chez lui.

— C'est l'ami de Courtney.

— Courtney devrait revoir son groupe d'amis.

Je plissai les lèvres. Jason se servit un verre de Coca, mais je vis bien à quel point il était sur les nerfs.

— Il aurait pu t'arriver quelque chose, souffla-t-il.

Je m'approchai de lui et posai ma tête contre le mur. Les mains de Jason se remirent à trembler sur son verre, comme le jour où il m'avait ramenée en voiture. Les paupières fermées, il me parut plus fragile qu'à n'importe quel autre instant.

Il aurait pu t'arriver quelque chose.

— Je n'arrive pas à te cerner, Jason Clayton… lâchai-je.

Il posa son verre sur la table et leva ses yeux vers moi.

— Et moi donc, Avannah Hatcher.

Interloquée, je soutins son regard.

— Tu es un secret, continua-t-il en s'approchant de moi. Gamin, j'ai passé des mois à saluer une fillette à qui je n'avais jamais adressé la parole. Elle est partie sans explications et revient des années plus tard, toujours sans explications…

Les battements de mon cœur s'accélérèrent tandis que la distance entre nous diminuait.

— Je tombe sur toi dans la rue, murmura Jason, le visage en sang. Tu ne décroches pas un mot jusqu'à ce que je te ramène chez toi, puis je te retrouve au milieu de la nuit, trempée et déboussolée et… Je ne peux pas m'empêcher de te proposer mon aide, ce que je ne fais avec personne d'autre, et…

Jason ferma les yeux et se frotta le visage, puis fit plusieurs pas en arrière.

— J'ai envie de te connaître, souffla-t-il. Savoir qui est cette petite fille que je voyais chaque jour quand j'étais gosse.

— Faisons-le, alors… dis-je d'une petite voix.

— Ce n'est pas aussi simple que ça.

Je fis un pas vers lui, mais il recula.

— Pourquoi ça ? demandai-je.

Il se pinça la lèvre inférieure sans me regarder, hésitant. Je remarquai ses mains tremblantes. Si j'avais pu prendre son pouls, j'étais sûre que j'aurais pu constater à quel point il était rapide.

— Je…

Troublé, il se frotta le visage une énième fois. J'aurais aimé qu'il puisse se livrer sans honte et se confier à moi malgré le peu de temps que nous avions passé ensemble. Si je l'avais pu, j'aurais pris sa main pour stopper ses tremblements et faire ralentir son rythme cardiaque.

— Je ne veux pas t'entraîner dans mon tourbillon d'émotions… avoua-t-il.

J'avais raison.

Jason était brisé. Des morceaux de lui traînaient aux quatre coins du monde et ne demandaient qu'à être recollés.

J'avançai vers lui et, cette fois-ci, il ne recula pas.

— Je crois bien que c'est trop tard, susurrai-je.

Il fronça les sourcils et j'entendis son souffle s'accélérer. Mes yeux se noyèrent dans les siens.

— J'ai rencontré un gamin qui avait la joie de vivre, me confiai-je, puis je l'ai retrouvé des années plus tard et il a… changé. Son sourire a disparu.

Jason ferma les paupières.

— Je veux savoir pourquoi, lâchai-je dans un murmure.

Je veux entrer dans ton tourbillon.

— Je ne peux pas… dit-il d'une voix grave.

— Tu peux, Jason. On est tous cassés, tu sais. Je peux te promettre de…

— Ne promets rien, me coupa-t-il.

— Comment ça ?

— Les gens changent et les promesses se brisent.

Son regard n'était que souffrance.

Alors je lui proposai une chose que je n'aurais jamais proposée à qui que ce soit d'autre.

— Je peux te dire un secret sur moi… lançai-je d'une voix incertaine.

— Un secret ? répéta Jason.

— Ouais, et…

— Avannah, non.

Il se détourna de moi.

— Jason…

— Je te sens déjà en train d'entrer dans mon tourbillon ! s'exclama-t-il. Tu vas trop souffrir.

— J'ai un tourbillon, moi aussi.

Il ne prononça pas un mot. Je faillis perdre mes moyens en prononçant ces quelques paroles. Jamais je ne m'étais confiée à qui que ce soit, en dehors de Courtney. Personne n'était parvenu à me décrypter. Mais je possédais cette envie irrésistible de me livrer à Jason… Une envie incompréhensible.

— C'est un tourbillon de silence… dis-je, un sanglot dans la voix. De silence et d'obscurité.

Ma main se leva et le bout de mes doigts toucha son t-shirt.

— De quoi est-il fait, le tien ?

Les paroles et les mises en garde de Courtney me revinrent en mémoire. Je devais faire attention en approchant Jason Clayton, ou je risquais de sombrer une seconde fois.

Je ne devais pas tenter de le sauver.

Mais je voulais le faire.

— De cris, répondit-il à ma plus grande surprise. Il est fait de cris et… et d'obscurité, aussi.

— Alors… commençai-je, je tenterai de mettre un peu de silence dans ton tourbillon et, à deux, on essaiera d'y mettre un peu de lumière.

Jason se retourna vers moi, et je vis l'esquisse d'un sourire éclairer son visage.

— Tu es une vraie tête de mule, pas vrai ? lança-t-il.

— Si tu savais…

— Faisons comme ça, alors, décida Jason. Et laisse-moi mettre un peu de bruit dans ton silence. Je sais à quel point il peut être assourdissant.

Je fermai les yeux et lâchai un soupir d'apaisement.

Il n'y avait pas à dire. Je préférais cent fois Jason Clayton quand il se confiait.

— Allons terminer notre fidèle série, annonça finalement Jason.

— Tu vas te changer, à un moment ? demandai-je en constatant qu'il avait gardé son t-shirt de travail. Genre, te mettre en pyjama ?

— C'est toi qui portes mon pyjama, Avannah.

Je rougis avant de me rasseoir sur le canapé. Un nouvel épisode avait commencé, mais je sentis mes paupières se fermer après plusieurs minutes. Jason regardait toujours la télévision quand je m'endormis pour de bon.

*

La lumière du soleil m'éblouit quand je rouvris les paupières. Une odeur de vanille me monta au nez et j'enfouis mon visage dans le t-shirt que je portais, oubliant totalement à qui il appartenait. Les jambes repliées

contre moi-même et prête à me rendormir, je pris tout à coup conscience de l'endroit où je me trouvais.

La télévision était éteinte et j'étais seule dans le salon de Jason. Il n'était pas là et, en me levant, je découvris un papier qui trônait sur la table de la cuisine, à côté d'un trousseau de clés.

En sortant, mets les clés derrière les fleurs à côté de la porte. Et voici mon numéro au cas où tu aurais encore besoin d'être secourue.

J'attrapai les clés et quand je sortis de chez lui avec ma robe, mon sac et mes chaussures en main, je remarquai le mot qui était inscrit au dos du papier.

Ne te perds pas en chemin, Échi.

Un sourire sur le visage, je me penchai pour cacher les clés derrière les fleurs qu'il avait évoquées. Mon geste se stoppa quand je les vis.

Des échinacées.

Avannah

« La vérité est un lourd fardeau.
Elle n'est pas à mettre sur toutes les épaules. »
Christelle Dabos

Quand j'atterris devant chez moi, la porte d'entrée était ouverte. Courtney attendait sous le porche, les bras croisés, en silence. Ses yeux me lancèrent des éclairs, mais se radoucirent devant mon expression, et la surprise s'y afficha dès qu'elle constata comment j'étais habillée.

— Avannah… Où étais-tu ? demanda-t-elle alors que j'entrais.

Je lançai ma robe froissée sur une chaise et balançai mes chaussures sur une marche de l'escalier.

— Et ils sortent d'où, ces vêtements ?

— Ils sont à Jason. Il a eu la gentillesse de m'héberger, cette nuit, pendant que tu t'éclatais chez Alex.

Je lui en voulais. Elle savait depuis toujours que je n'étais pas comme tous ceux qui profitaient de ce genre de soirée.

— Chez Jason ? Quoi ? Qu'est-ce qu'il s'est passé ?

— C'est privé, lâchai-je d'un ton sec.

— Privé ? Tu te fiches de moi ?

— Putain, Courtney ! Tu as vu ce qu'il s'est passé à cette soirée ou t'es aveugle !

Elle eut un mouvement de recul. Elle ne me voyait que rarement en colère.

— Je n'aime pas ce genre de soirée ! m'énervai-je. J'ai voulu te faire plaisir en y allant, mais tu aurais pu me prévenir de ce que j'allais devoir affronter ! J'ai passé la soirée à regarder des gens bourrés faire des stripteases et fumer de l'herbe ! Et en plus de ça, on a essayé de me noyer. Quelle merveilleuse fête !

— Tu exagères, osa prononcer Courtney.

— J'exagère ? Je l'ai rêvé, le fait qu'on me maintenait sous l'eau, alors ?

Elle ne répondit pas.

— D'ailleurs, qui c'est qui m'a tirée de là ?

— C'est Charlie.

— Tiens, Charlie, je l'avais oublié. Pourquoi est-ce qu'il a parlé de moi à ce type, d'ailleurs ?

Je n'attendais aucune réponse, mais Courtney me la donna quand même, la voix tremblante, les poings serrés.

— Parce qu'il craque pour toi…

— Quoi ?

— Il craque pour toi ! Il nous parle de toi à longueur de journée, Avannah ! s'emporta Courtney. Bien sûr, il fallait que tu te pointes à Clarksville après des années pour me pourrir la vie !

Courtney était hors d'elle.

— Qu-quoi ? bégayai-je, hébétée.

— J'en ai ras le bol de toi, Avannah ! À la mort de ta mère, j'étais là ! Pendant ta dépression, j'étais là ! J'ai toujours été là pour toi ! Et voilà que tu…

— Que je quoi ? m'énervai-je à mon tour.

— Que tu te ramènes ici !

J'inclinai la tête sur le côté, me préparant à la suite.

— Tu fous le bordel dans mon groupe d'amis, tu te fais bien remarquer durant la soirée d'Alex, et maintenant Charlie n'a d'yeux que pour toi ! Je t'ai aidée toute ta vie, Avannah, et faut que tu foutes le bordel dans la mienne !

Je ne dis rien. Je me contentai d'observer la colère de Courtney, sursautant parfois quand elle haussait la voix.

— Je veux que tu dégages, ordonna-t-elle.

— Quoi ? Je paie aussi ma part ici, j'te rappelle !

— La maison, je peux la payer seule. C'est ce que je fais déjà ! Toi, tu te contentes des courses ! Je veux que tu dégages, Avannah ! Je veux plus de toi ! Tu ne sers à rien, ici, hormis être un poids mort ! Dégage !

Au plus profond de moi, j'espérais qu'elle n'était pas sincère, que ses paroles sortaient sous le coup de la colère.

Mais ça me semblait pourtant bien réel.

Courtney respirait fortement. Elle me fixait d'un regard agressif, prête à me sauter à la gorge d'un moment ou l'autre.

J'ignorais quoi lui dire.

J'étais jetée dehors par ma meilleure amie.

Dans le jogging et le t-shirt noir de Jason, je me sentis toute petite.

Que devais-je faire ? C'était chez moi, ici. La maison de mon enfance, que je partageais avec Courtney. Elle n'avait pas le droit de me mettre dehors. *Si, Ava. Elle peut.* Elle payait toutes les charges, et elle avait un contrat de location. Qu'importe si c'était le lieu où j'avais grandi, elle y était chez elle. Pas moi.

Je n'arrivais pas à prononcer un mot.

Alors je grimpai les escaliers et ouvris ma valise, jetant mes vêtements à l'intérieur. Je pris les cadres

photo représentant mes parents et les quelques livres que j'avais ramenés de l'Alabama. Je me rendis compte que je n'avais pas pris grand-chose de chez mon père.

Quand je redescendis, valise et sac en main, Courtney attendait près de la porte ouverte, les bras croisés sur sa poitrine. Je passai devant elle pour sortir.

— Allez, va retrouver ton petit Clayton, cracha-t-elle.

Et elle claqua la porte derrière moi.

*

Ma valise et mon sac étaient posés sur le trottoir en face de la maison. J'étais assise à côté, en tailleur, les mains frottant mon visage. J'aurais pu squatter ma voiture si elle n'avait pas été dans la rue d'Alex.

Bizarrement, je ne ressentais aucune émotion, hormis l'incompréhension et la frayeur de devoir vivre dehors. Je finirai par retrouver ma voiture, bien sûr, mais je n'avais nulle part où aller.

Trouver un appartement risquait de me prendre du temps, et je n'avais clairement pas l'argent nécessaire J'aurais pu appeler mon père, lui dire que Courtney m'avait virée de *sa* maison, mais je n'osai pas. Nous savoir en froid allait lui causer du souci, et s'il l'appelait pour qu'elle me reprenne, cela aggraverait sans doute la situation. Le bail était au nom de Courtney, et il n'avait aucune raison valable pour la mettre dehors. Je ne pouvais donc rien faire pour récupérer la maison. Je me promis d'appeler quand même mon père si les choses venaient à empirer.

Je songeai à appeler Alice avant de me souvenir que je n'avais pas son numéro. En revanche, j'avais un bout de papier, au fond de ma poche, qui me paraissait peser

116

atrocement lourd. Dessus, il y avait les coordonnées de Jason.

Je pris mon téléphone et tapai son numéro en tremblant. La sonnerie retentit trois fois avant qu'il décroche.

— Salut, dis-je faiblement.

— Salut, Échi. Bien dormi ?

Je fis un sourire en coin, mais une larme finit tout de même par rouler sur ma joue.

— Ton canapé était confortable, répondis-je sans qu'il se doute de quelque chose.

— Pourquoi tu appelles ? Besoin d'être secourue ?

— En quelque sorte…

Je reniflai et il l'entendit.

— J'arrive.

Et Jason Clayton raccrocha.

*

Il arriva quinze minutes plus tard.

J'avais eu le temps de sécher mes larmes. Il se gara dans l'allée de son garage et sortit de la voiture. Sa vue provoqua des frissons dans mon corps.

Jason s'approcha de moi et je haussai les épaules en montrant ma valise du menton. Quand il remarqua que je portais toujours ses vêtements, il me lança un signe de la tête en direction de chez lui.

— Allez, viens.

Il attrapa ma valise et je le suivis. Il prit les clés que j'avais cachées derrière les échinacées, et ça me fit bizarre de me dire que j'avais quitté cette maison seulement une heure plus tôt. Tout s'était passé si vite.

— Fais comme chez toi, lança-t-il.

Une pensée me frappa.

— Est-ce que tu vis seul ? demandai-je, car je n'en avais aucune idée.

— Oui. Je vis seul.

J'eus envie de lui demander ce qu'il était advenu de ses parents, mais je m'abstins.

— Je ne resterai qu'aujourd'hui, l'avertis-je précipitamment. C'est le temps de chercher quelque chose d'autre ou que Courtney se rende compte de ce qu'elle a fait, après je déguerpirai rapidement.

— Ne dis pas de bêtises, soupira Jason en montant ma valise à l'étage. Reste le temps que tu veux.

Je fus soulagée de l'entendre prononcer ces paroles. Je savais que je ne trouverais pas de logement avant un petit moment, et il était hors de question que je rentre chez mon père. La fac m'attendait bientôt. Je ne pouvais pas partir.

Je suivis Jason dans la chambre d'amis qui se trouvait juste en face de la sienne. Il posa ma valise dans un coin et m'adressa un regard désolé.

Je lui fis un léger sourire forcé avant de m'avancer dans la pièce. Il y avait une petite bibliothèque à côté de la fenêtre qui contenait quelques livres, et le lit trônait contre le mur.

— C'est parfait, formulai-je en serrant mes bras contre ma poitrine.

— Je vais te laisser un trousseau de clés, m'informa Jason en s'accoudant au cadran de la porte. Je travaille de vingt heures à minuit à la pizzeria. Le reste du temps, je m'occupe du jardin des Ethery, au bout de la rue. Et je promène Jack.

— Jack ?

Un grand malinois déboula dans la chambre sans crier gare et me sauta dessus en glapissant. Il me lécha le visage et j'éclatai de rire.

— Voici Jack, répondit Jason. On dirait qu'il t'aime déjà.

— On dirait bien. Je ne l'ai pas vu, hier soir.

— Je l'emmène parfois voir les Ethery pour qu'il leur tienne compagnie.

Jason m'observa un long moment. Ses yeux bruns me scrutaient et il esquissa un sourire quand Jack me fit tomber sur le lit.

— Oh, Jason ? interrogeai-je. Tu pourrais me ramener à ma voiture ?

— Pas de soucis. Tu comptes me rendre quand mes vêtements ?

— Dès que tu sortiras de la pièce, répondis-je.

Jason appela alors Jack et ils s'engouffrèrent tous les deux dans le couloir. J'ouvris ma valise et en sortis un jean et un t-shirt froissés, puis me changeai en vitesse.

Quand je rouvris la porte, Jason fermait celle de sa propre chambre et se retrouva face à moi. Avec un sourire, je lui lançai ses habits à la figure.

— On peut faire une garde alternée, pour Jack ? demandai-je en levant le menton.

— Pardon ? lança-t-il, interloqué.

— J'ai besoin que Jack soit à mes côtés la nuit. On ne sait jamais, si un dénommé Jason Clayton essaie de cambrioler ma chambre, il faut que quelqu'un vole à mon secours.

Je me mis à rire en voyant la tête de Jason. Il finit par m'adresser un sourire las.

— Tu peux l'avoir toutes les nuits, dit-il en s'éloignant dans le couloir. De toute manière, il sent mauvais.

— Oh, parce que toi, tu penses sentir meilleur en sortant de la pizzeria ?

Il se retourna vers moi et, pour la première fois, je le vis sourire de toutes ses dents. Il lâcha même un

léger rire. Et quand on avait le sourire lumineux de Jason Clayton face à soi… Aucune étoile ne pouvait l'égaler.

— À la façon dont je t'ai vue dormir contre moi la nuit dernière, je pense que tu as apprécié mon odeur…

Il se mit à rire plus fortement encore en remarquant mes joues cramoisies, et c'est à l'entente de cet éclat de voix que mon cœur se mit à battre plus vite pour Jason Clayton.

« *La peur n'a jamais empêché les choses d'arriver.*
Ça les rend juste plus difficiles. »
Delphine Pessin

Ils étaient tous là.

Mes démons.

Ils peuplaient mes rêves chaque nuit. Je contemplai une seule et même silhouette s'avancer vers moi, le visage menaçant. C'était toujours la même personne, je la connaissais, et pourtant je ne parvenais pas à mettre un nom dessus.

Lui redonner une identité reviendrait à rendre mes démons plus réels encore.

Je ne pouvais rien faire contre lui, alors je tentais de vivre normalement, mais j'en étais incapable. Quand je travaillais, j'observais chaque homme entrer dans la pizzeria, la peur au ventre de reconnaître celui qui hantait mes nuits. Au fond de moi, je savais que je ne le reverrais plus jamais, mais mon appréhension ne disparaissait pas pour autant.

Mes journées se résumaient à broyer du noir chez moi, à faire l'effort de m'amuser avec mon chien et à partir au boulot. Le fait de sortir me faisait du bien, je ne pouvais pas le nier. Mon collègue de travail était devenu mon plus proche ami et il m'empêchait de sombrer plus bas que je ne l'étais déjà.

Mais même si sa présence était bénéfique, il était dans l'impossibilité de faire disparaître mes démons.

*

Le jour où j'appris l'existence d'Avannah Hatcher, j'avais sept ans.

Dès l'arrivée de la voiture dans la rue de ma nouvelle demeure, j'avais remarqué cette petite fille aux cheveux châtains qui faisait de la trottinette avec maladresse.

Je n'aurais jamais cru que sa simple présence suffirait à apporter de la lumière dans ma vie.

Tous les jours, je lui avais adressé des signes de la main avec des grands sourires. Elle me les rendait toujours, parfois avec timidité, d'autres fois avec curiosité.

Elle avait des yeux pétillants de curiosité. Je l'avais vue, un jour, poser un pied sur la route, avec l'irrésistible envie de s'approcher un peu plus de moi. Sa mère l'en empêchait, bien entendu, et comment aurais-je pu lui en vouloir ?

Elle ne devait pas approcher de la maison.

Mais son sourire que j'observais tous les jours me donnait moi aussi le besoin de la voir de plus près. Alors, une fois où mes parents m'avaient laissé sortir, je m'étais approché.

Elle arrosait des fleurs contre le porche. Elle était accroupie, ses longs cheveux étaient emmêlés, et je remarquai des branchages et de l'herbe empêtrés dedans. J'avais ri intérieurement avant d'écraser les fleurs sans

faire attention. Elle m'avait vu et son visage avait viré au cramoisi.

— Oh, désolé… m'étais-je excusé.

Son regard s'était alors adouci et elle avait lâché d'une voix aiguë :

— Avannah Hatcher.

Je l'avais regardée un long moment avant d'esquisser un sourire, puis je lui avais tendu la main. Ses doigts étaient froids et souillés de terre, mais je n'en avais rien à faire.

— Salut, Échinacée. Moi, c'est Jason Clayton.

Après ça, je l'avais regardée s'en aller tous les jours pour l'école. Je n'allais pas dans le même établissement scolaire qu'elle, et j'en étais déçu. J'aurais aimé connaître Avannah Hatcher.

Quand elle partit pour de bon, je perdis toute raison de sourire. Son visage avait été ma lumière durant de longues années, et quand il disparut de mon univers, je me sentis vidé de toute force. De toute envie.

Mais c'était la meilleure chose qui pouvait arriver à Avannah.

Elle ne devait pas s'approcher de la maison.

L'année de mes vingt et un ans, pour la première fois depuis que je travaillais à la pizzeria, j'avais reçu une commande à livrer à son ancienne adresse. Je savais qu'une fille y avait emménagé pour l'avoir vue plusieurs fois en sortant de chez moi, mais je ne lui avais jamais adressé la parole. Alors, quand Avannah Hatcher avait ouvert la porte, mes jambes s'étaient mises à trembler.

Je l'avais tout de suite reconnue. Au fond, elle n'avait pas vraiment changé. Son regard brillant et ses cheveux ébouriffés étaient toujours les mêmes.

J'avais fait comme si de rien n'était, même si les tambourinements de mon cœur m'avaient trahi. Je pensais

qu'elle n'avait pas distingué qui j'étais, et je m'étais dit que c'était bien mieux pour elle.

Après ça, j'avais tenté de passer pour le parfait inconnu, mais les yeux d'Avannah trahissaient ses pensées. Elle m'avait identifié et j'avais été dans l'impossibilité de cacher mes émotions.

Énormément de choses s'étaient passées depuis. Je m'approchais de plus en plus d'elle sans le vouloir, je m'accrochais à elle comme à une bouée. Je me forçais à l'oublier, mais à chaque pas que je faisais, elle se trouvait au milieu de ma route. Elle était toujours près de moi.

Je voulais à tout prix la connaître. Je ne devais pas la connaître.

Mon tourbillon n'était que malheur et chagrin.

Elle n'en sortirait pas indemne.

« J'entends sa voix dans tous les bruits du monde. »
Paul Eluard.

Il y avait des jours où tout paraissait plus simple, et d'autres où les souvenirs refaisaient surface.

La présence d'Avannah changeait tout. Mes démons semblaient disparaître peu à peu, mais j'étais certain que ça ne durerait pas.

Je me surprenais à sourire quand elle était là. Ça me paraissait étrange, comme si les muscles de mon visage se détendaient, mais c'était aussi agréable.

J'avais peur, cependant. J'étais terrifié à l'idée qu'elle connaisse mes doutes et mes frayeurs. Quoi qu'il arrive, on finirait par en apprendre beaucoup trop l'un sur l'autre.

Mais je me voyais en elle. Parfois, elle fixait mes instruments de musique avec mélancolie, et quand j'osais lui poser une question sur sa vie d'avant, elle gardait le silence. À plusieurs reprises, je constatai qu'elle ne m'écoutait pas quand je parlais. Nos moments se résumaient à regarder la télévision sans un mot, et c'était terriblement étourdissant.

Je lui avais dit que je tenterais de meubler son silence, et je n'y parvenais pas.

*

— Oh ! s'exclama Avannah avec un sourire.

Attrapant les clés de ma voiture, je me tournai vers elle. Son sourire disparut néanmoins presque aussi vite qu'il était apparu.

— Quoi ? demandai-je.

— C'est la nuit des étoiles filantes.

Je fronçai les sourcils en ouvrant la porte.

— Et ?

— Rien du tout. Allez, va bosser !

Je refermai la porte et m'appuyai contre celle-ci.

— Laisse-moi deviner… dis-je en inclinant la tête. Tu es fan d'astronomie.

Avannah lança son téléphone sur le canapé avant de soupirer.

— On peut dire ça…

— Qu'est-ce qui t'empêche d'aller voir les étoiles filantes ? T'as juste à faire un pas dehors.

Elle se dirigea vers la fenêtre menant sur la rue et montra la maison d'en face d'un signe de tête.

— La fête qui a lieu chez Courtney.

Je me plaçai derrière elle et regardai par la fenêtre. De nombreuses personnes dansaient dans le jardin, un verre d'alcool à la main, tandis que d'autres fumaient des joints et se bousculaient en riant.

— Elle a l'air pourrie, cette fête, tentai-je.

Avannah esquissa un sourire forcé et se détourna.

— Je déteste les soirées de ce style, confia-t-elle, mais il est hors de question que j'observe les étoiles avec un

boucan pareil et avec Courtney à quelques mètres de moi.

Elle s'affala sur le canapé et alluma la télévision. Elle était déçue, et la voir dans cet état me serra le cœur.

— OK, lève-toi et va t'habiller, ordonnai-je.

— Quoi ? Pourquoi ?

— Je vais t'emmener voir les étoiles filantes, Avannah.

Ses prunelles se mirent à briller d'excitation et elle courut vers les escaliers. Elle s'arrêta cependant au milieu des marches et se retourna vers moi.

— Mais… Tu dois aller travailler ! s'exclama-t-elle.

— T'en fais pas pour ça, répondis-je. Je vais envoyer un message à Eli, il me couvrira. David, mon boss, est plutôt sympa.

Eli était celui qui travaillait avec moi à la pizzeria. Je lui avais rapidement parlé d'Avannah, et il n'avait pas arrêté de faire des allusions gênantes à son sujet. C'était un bon ami. Quant au patron de la pizzeria, il n'arrêtait pas de me dire de prendre une soirée pour moi. Il serait heureux que je le fasse enfin.

— Merci, Jason, lança Avannah avec un sourire.

Je hochai la tête. Après tout, une soirée de repos ne serait pas de trop. Et contempler les étoiles en compagnie d'Avannah devait être une chose à faire au moins une fois dans sa vie.

Elle redescendit, un gilet sous le bras. Nous sortîmes de la maison sans jeter un seul coup d'œil à la fête qui battait son plein en face. Avannah grimpa sur le siège passager de mon pick-up et je démarrai.

— Quand est-ce que je pourrai conduire ta voiture ? demanda-t-elle.

— Jamais.

Elle éclata de rire. Avannah savait très bien que je ne laissais personne toucher à mon 4x4 qui m'avait coûté une fortune.

— Comment fais-tu pour payer tout ça ? questionna-t-elle tandis que je faisais marche arrière.

— Mes grands-parents m'ont laissé une bonne somme d'argent avant de mourir. J'étais leur seul petit-fils, on peut dire que j'ai eu de la chance.

Avannah opina, mais elle était totalement ailleurs. Elle regardait la maison de Courtney en fronçant les sourcils. Je voyais bien la tristesse sur ses traits.

— Allez, Avannah… lançai-je en débrayant. Fais pas cette tête.

— Je vois pas de quelle tête tu parles.

— La tête que tu fais quand tu penses à Courtney.

Elle soupira profondément en posant le front contre la vitre.

Je détestais la voir comme ça.

— Elle ne te mérite pas… soufflai-je.

— Je ne la comprends plus… se confia-t-elle. Elle a toujours été là pour moi, et voilà qu'elle me renvoie tout dans la figure.

Je ne répondis pas.

— Au moins, tu conduis mieux qu'elle, formula Avannah pendant que nous sortions de la ville.

— Tu peux m'appeler Courtney si ça te fait plaisir, me moquai-je. Je peux prendre une voix de blondinette.

— Une perruque t'irait à merveille.

Je souris en empruntant un chemin de terre qui menait dans la forêt.

— À quel moment peut-on voir les étoiles au milieu des bois ? questionna Avannah en grimaçant. Tu vas nous perdre.

— Sois patiente, Échi. Je connais le coin mieux que personne.

J'aimais la surnommer *Échi*. Ça me rappelait notre rencontre, des années auparavant, et je la surprenais toujours à sourire quand je prononçais ce nom.

Nous débouchâmes enfin dans une grande clairière. Je garai la voiture en bordure, et nous descendîmes en observant le ciel.

— D'ici, aucune lumière de la ville ne pourra gâcher ce moment.

— C'est parfait… répondit Avannah.

L'éclat des étoiles se reflétait dans ses grands yeux clairs. Je détaillai son visage émerveillé et elle tourna sur elle-même, le nez en l'air, le regard levé vers le ciel.

Nous nous allongeâmes un peu plus loin, Avannah à mes côtés. Un sourire éclairait ses traits ébahis face aux étoiles qui s'offraient à elle. Elle ne clignait que rarement des paupières, ne souhaitant pas rater une seconde de ce spectacle lumineux. Elle tourna son visage vers moi sans crier gare et le mien pivota vers le ciel.

— Tu sais reconnaître les constellations ? m'enquis-je tout bas, comme si en parlant trop fort, j'allais gâcher cet instant.

— Seulement la Grande Ourse, répondit-elle dans un murmure.

Avannah leva le doigt.

— Elle est juste là…

Sauf que j'étais incapable de me concentrer plus d'une minute sur le firmament. Je ne parvenais pas à détacher mes yeux d'elle. Dans la pénombre de la nuit, je crus la voir rougir.

— Si tu regardais le ciel, Jason, tu la verrais.

Je me retournai vers les étoiles.

Le silence nous tomba dessus comme une pierre.

Aucun de nous deux ne prononça un mot. Nous nous contentâmes d'examiner ces points lumineux au-dessus de nous, attendant patiemment la première étoile filante qui viendrait couper le firmament.

Cette absence de bruit était étrange. Avannah se trouvait à mes côtés, et sa présence suffisait à faire taire mes démons.

Je n'avais jamais vécu un instant si silencieux.

Les prunelles d'Avannah tombèrent sur mon visage et je me noyai dans son regard. Elle paraissait si paisible que j'en eus le souffle coupé.

— Écoute ce silence… souffla-t-elle.

Je l'écoutais, elle. Pour la première fois, tous mes songes étaient tournés vers elle. J'étais dans l'impossibilité de penser à autre chose qu'à elle.

Pour la première fois, je sentis mon cœur s'apaiser.

J'avais envie de lui dire à quel point elle était belle sous le ciel de la nuit. À quel point tout semblait plus simple, avec elle.

Je tournai pour la énième fois le regard vers la voûte céleste.

— J'allais souvent observer les étoiles avec ma mère, formula subitement Avannah. Elle me racontait que leur éclat apportait de la lumière dans sa vie.

— Où est ta mère ? questionnai-je, devinant d'avance la réponse.

Elle parut hésiter un instant.

— Plus là pour me parler.

— Je suis désolé.

Avannah secoua la tête avec un sourire triste.

— Depuis sa mort, j'essaie de me répéter que ça ne sert à rien de ressasser le passé. Pour avancer, il ne faut pas regarder derrière soi.

Ses paroles me laissèrent perplexe. Jamais je n'avais réussi à raisonner de cette façon.

— Comment tu as fait pour te relever, après ça ? m'enquis-je d'une voix faible.

Elle resta un moment sans répondre. J'espérais qu'elle avait une solution à ce problème que je traînais depuis des années.

— Quand on te tend la main, il faut savoir la saisir, finit-elle par déclarer. Courtney a été là pour moi, et mon père aussi. Ils m'ont aidée.

Je baissai les yeux sur mes mains tremblantes. Malgré l'aide qu'on avait pu m'apporter – si maigre soit-elle –, je ne réussissais toujours pas à m'en sortir. Les démons étaient toujours là, chaque nuit.

— Là ! s'exclama Avannah en se levant.

Je ratai l'étoile filante de peu, mais souris légèrement en remarquant ses yeux brillants d'excitation.

— Fais un vœu, lançai-je.

Elle ferma les paupières et je revis la petite fille que j'avais connue des années auparavant.

— C'est fait, dit-elle.

— C'est quoi ?

— Si tu crois que je vais te le dire…

Nous nous esclaffâmes Je ne vis aucune étoile filante et me surpris à m'endormir à plusieurs reprises. Avannah me réveilla à chaque fois en me balançant de l'herbe sur le visage. Au bout de la troisième fois, nous décidâmes de rentrer avant qu'il soit impossible de me réveiller.

J'acceptai qu'Avannah conduise. J'étais bien trop exténué pour tenir le volant d'après elle, et elle n'avait pas eu tout à fait tort d'insister autant.

— Fais attention à la branche ! m'écriai-je en me tenant.

— Je l'ai vue !

J'avais tellement peur qu'elle ne raye ma voiture que je me jurai de prendre la sienne la prochaine fois. Elle était beaucoup moins récente et Avannah n'en prenait pas particulièrement soin.

Heureusement, nous arrivâmes à la maison sans une égratignure et après la manière dont avait conduit Avannah, je m'estimais heureux. Nous sortîmes au même moment et étions sur le point d'entrer dans la maison quand une voix se fit soudain entendre derrière nous.

— Eh ! Ce serait pas celle qui m'a frappé, la dernière fois ?

Je me retournai. Un type complètement bourré traversait la rue et se dirigeait vers Avannah. Cette dernière s'avança vers lui, les poings serrés, bien trop téméraire à mon goût.

— Si, c'est elle, et elle recommencera si tu ne dégages pas, répondit Avannah d'un ton sévère, quoique tremblant.

— Mais c'est qu'elle est insolente, en plus de ça !

Le gars tenait une bière à la main et s'approcha un peu trop près d'Avannah.

— Tu peux peut-être t'excuser autrement… lança-t-il en lui attrapant la taille.

— Laisse-la !

Je m'avançai devant Avannah et poussai le type. Derrière lui, je reconnus Alex Kaynes et soupirai. A sa vue, mes pires souvenirs me revinrent en mémoire, et ma mâchoire se contracta. Courtney le suivait de près.

— Dis donc, tu serais pas Jason Clayton ? lança quelqu'un.

Je ne pris même pas la peine de regarder qui avait parlé et leur tournai le dos, entraînant Avannah avec moi.

— Si, c'est lui, s'éleva la voix d'Alex. Il habite juste en face.

— Comment ça va, depuis le temps ?

Je reconnus le gars qui venait de faire des avances à Avannah. C'était Nathan Olwen. Il avait été du même groupe d'amis qu'Alex au lycée, et faisait partie de ceux qui l'avaient encouragé à me tabasser.

Je me souvenais de ce moment comme si c'était hier.

— Eh, Alex ! lança Nathan. Tu crois qu'il se souvient de la raclée qu'on lui a mise, au lycée ?

Bien sûr que je m'en souviens.

J'avais été conduit aux urgences en ambulance après ça.

Ça avait ruiné ma vie.

Alex ne répondit pas. Je pris Avannah par la main pour rentrer à l'intérieur de la maison, mais Nathan m'attrapa par l'épaule.

Je ne pus me contenir.

Je lui assenai la plus grosse frappe dont j'étais capable. Il perdit l'équilibre et faillit tomber sur le sol. Sa bière se fracassa par terre et quelques personnes lancèrent des cris choqués.

J'ordonnai à Avannah de rentrer, mais elle refusa. Le regard de Nathan se remplit alors de haine et il se jeta sur moi.

Nous tombâmes à la renverse et il me lança un coup de poing dans l'arcade sourcilière qui me fit voir des étoiles. J'entendis la voix d'Avannah crier mon nom tandis que Nat me portait un second coup.

C'était comme revenir en arrière. J'entendis les hurlements et les exclamations des lycéens qui nous entouraient pendant que je me prenais la raclée de ma vie. Je sentais ma tête me brûler et le sang couler.

Les cris d'Avannah furent ma montée d'adrénaline.

Je repoussai Nathan et me retrouvai au-dessus de lui. Les coups de poing fusèrent, la rage grimpa en moi.

Je voulais me venger de toutes ces années.

Le visage de mon père remplaça celui de Nathan un bref instant.

Je ne m'arrêtais pas.

Je sentis des mains m'attraper les épaules et je lançai un coup automatique dans la direction de celui qui tentait de me dégager.

Quand je vis Avannah tomber sur le sol, je m'immobilisai.

— Avannah… soufflai-je.

Ses prunelles brillaient d'une peur nouvelle.

Brusquement, des sirènes se firent entendre et des voitures se garèrent dans l'allée. Tous les fêtards partirent en courant. Alex et un gars à la peau basanée attrapèrent Nathan et s'enfuirent derrière les maisons.

Je m'assis sur le trottoir, la douleur me vrillant le crâne. Des policiers s'avancèrent vers Avannah et moi et entreprirent de nous poser des questions.

Courtney fut convoquée. La fête avait eu lieu chez elle, et le nombre de verres et de bouteilles dans le jardin impliquait une soirée plutôt bien arrosée. On nous demanda de faire un test d'alcoolémie, mais Avannah et moi fûmes rapidement mis hors de cause. Pour les policiers, j'avais juste été victime d'une fête qui avait mal tourné, et ils n'avaient pas l'air d'avoir très envie de me mener au poste.

Quand nous rentrâmes enfin, j'avais l'impression que ma tête allait exploser. Je pris un médicament et m'assis sur le canapé, complètement hors du monde. Avannah s'installa à mes côtés et posa les yeux sur moi.

Son nez saignait.

Par ma faute.

Tout à coup, ma douleur s'effaça et mon monde ne tourna plus qu'autour de sa souffrance.

— Avannah… dis-je en m'approchant d'elle.

— Ça va.

— Excuse-moi.

— Je te dis que ça va.

Sa voix tremblait.

— Je vais t'emmener à l'hôpital, lançai-je en me levant.

— Assieds-toi, Jason.

— Non, je…

— Assieds-toi !

J'obéis tout en la regardant grimper à l'étage. Elle en redescendit quelques minutes plus tard, le visage nettoyé et la boîte à pharmacie dans les mains.

Sans un mot, Avannah en sortit du désinfectant et un coton stérile. Elle entreprit de nettoyer mes blessures, quoi qu'un peu trop énergiquement à mon goût.

— Avannah.

— Tais-toi.

Elle était en colère. Il aurait fallu être aveugle pour ne pas le voir.

— Ce que tu as fait, Jason…

— Il le méritait.

— C'était stupide.

Je me détournai.

— Stupide ? C'est toi qui l'as cherché, je te rappelle !

— Je n'allais pas me laisser faire ! se défendit-elle en me forçant à la regarder.

— Il t'a touchée.

— Ce n'est pas pour ça que tu l'as frappé, Jason. C'est à cause de ce qu'il s'est passé au lycée, pas vrai ?

Je fermai les paupières. Avannah avait le don de mettre le doigt sur la vérité. Mais je n'avais pas envie d'en parler. Tout ça ne servirait qu'à faire renaître les démons en moi.

— Ouais, c'est ça, dis-je d'un ton sec.

— Je sais ce qu'il s'est passé, répondit-elle en tapotant mon visage avec le coton. Je sais que tu dois être en colère, Jason, mais si tu t'étais vu ! Tu n'étais plus toi-même !

— Je sais.

Avannah n'était pas non plus dans son état normal. Ses mains tremblaient tandis qu'elle essayait de nettoyer mes plaies au visage. Une larme roula sur sa joue, et j'attrapai son poignet avec douceur.

— Avannah… chuchotai-je.

Le coton tomba sur le sol. La jeune femme se mit brusquement à sangloter et je perdis mes moyens. J'ignorais quoi faire dans ce genre de situation.

Jamais personne n'avait pleuré devant moi, hormis ma mère.

Alors je fis ce que j'avais fait avec elle dans ces situations. Je la pris dans mes bras. Avannah parut surprise sur le moment, car c'était notre premier contact intime. Mais ses bras finirent par m'entourer et son visage s'engouffra dans mon cou. Ses cheveux sentaient la noisette.

Je me rappellerais cette odeur toute ma vie.

Ses tremblements cessèrent peu à peu et elle finit par se calmer. Elle me serrait fort, comme si elle craignait que je m'en aille.

— Ne refais plus jamais ça, ordonna-t-elle en reniflant.

— Je ne le referai plus.

Avannah se dégagea et elle se frotta le nez. Il se remit à saigner.

— Bordel, ce que ça fait mal, jura-t-elle.

Je lui donnai un mouchoir en m'excusant une énième fois. Je m'en voulais tellement de l'avoir poussée et blessée. Ce comportement me faisait penser à celui de mon père, et autant mettre fin à mes jours si je vivais pour lui ressembler.

Avannah finit par remonter à l'étage sans un mot de plus.

La soirée avait si bien commencé et s'était si mal terminée. Je me détestais plus que jamais pour avoir dépassé les bornes. Mais, parfois, le tourbillon tournait trop vite autour de moi, et tout se mélangeait. Les souvenirs refaisaient surface et l'obscurité aussi.

J'avais du mal à le gérer. En rentrant du travail tard le soir, je restais parfois de longues minutes dans la voiture, la tête posée sur le volant, les paupières fermées, essayant de repousser les pensées néfastes qui m'attaquaient. Les démons qui revenaient d'un passé lointain.

J'avais peur pour Avannah. Je me sentais me rapprocher d'elle avec une force considérable et j'étais effrayé à l'idée que mes démons l'attaquent, elle aussi.

Je n'étais pas sûr que quelqu'un puisse m'aider.

« Il y a un moment où les mots s'usent.
Et le silence commence à raconter. »
Khalil Gibran

— Avannah ?

Je toquai à la porte de sa chambre. Appuyé contre l'embrasure, j'avais les mains dans les poches, les yeux rivés sur elle. Avannah était assise sur son lit, un carnet sur les genoux, un crayon à la main.

— Qu'est-ce que tu fais ?

Elle ne me répondit pas. L'espace d'un instant, j'eus peur qu'elle ne m'en veuille encore pour ce qu'il s'était passé avec Nathan, puis elle me fit un signe du menton pour que je la rejoigne.

Je m'assis à côté d'elle, malgré la petitesse du lit. Nos épaules étaient collées l'une à l'autre, et Avannah finit par me tendre son carnet.

— C'est toi, lança-t-elle d'une petite voix.

Un dessin était esquissé sur le papier blanc. Des traits de crayon précis, fins, représentant à la perfection un visage masculin. De grands yeux noirs m'observaient, vides et tristes, en dessous de mèches rebelles qui bouclaient.

Je fus incapable de prononcer un mot.

J'ignorais qu'Avannah possédait un tel talent en dessin, mais ce qui me choquait le plus était l'image qu'elle avait de moi.

Je levai le regard vers elle. À quelques centimètres de moi, le visage empourpré et les yeux baissés, elle ne me regardait pas.

— C'est la première fois que je t'ai revu, expliqua-t-elle. Quand tu as livré nos pizzas.

Je la vis déglutir avec difficulté. Le dessin me décrivait tellement malheureux que j'en eus le souffle coupé.

— Je ne t'ai jamais vu dessiner… constatai-je.

— Je ne l'ai plus fait depuis des années, répondit Avannah. Je m'y suis remise dès que j'ai passé le pas de cette porte. J'avais oublié quel effet ça faisait.

Ses doigts touchèrent délicatement le papier. Je sentis son souffle chaud dans mon cou et un frisson me parcourut.

— Tu paraissais si triste… murmura-t-elle avec un sourire mélancolique. Au début, tu ne souriais jamais, mais depuis que je te côtoie tous les jours, j'arrive à te voir un minimum heureux.

J'avais terriblement envie de lui dire que c'était elle qui me redonnait l'envie de me lever le matin, que la voir chaque jour me donnait une bouffée d'oxygène.

Mais je le gardai pour moi.

Je lui rendis le carnet. Nos visages furent soudain plus proches, et mon cœur s'emballa. Ses yeux brillaient, mais je n'aurais su décrire l'émotion qui s'en dégageait.

— Viens, dis-je en me levant.

Moi aussi, j'allais lui montrer un de mes secrets.

Montrer était sans doute plus simple qu'expliquer.

Avannah m'attrapa le bout des doigts sans me prévenir, ce qui me parut étrange. En règle générale, peu de personnes me touchaient.

Nous descendîmes dans le salon et elle lâcha ma main en m'observant m'asseoir devant le clavier. Il avait appartenu à ma mère des années auparavant. J'avais appris l'art de la musique grâce à elle.

Les seuls bons souvenirs de mon enfance.

Je sentis Avannah derrière moi. C'était tellement inhabituel pour moi de jouer en présence de quelqu'un que mes doigts tremblaient. Elle dut le sentir, car, sans un avertissement, une main rassurante se posa sur mon épaule, et je jouai alors les premières notes.

Une mélodie gracieuse s'éleva dans les airs. Mes doigts s'envolaient au-dessus de l'instrument tandis que je ressentais tous les effets bénéfiques que la musique m'offrait.

Les souvenirs affluèrent, comme à chaque fois que j'osais toucher le piano. Je revis ma mère de dos, les cheveux relevés sur la nuque, ses doigts parcourant les touches avec une grâce sans pareille. Il n'y avait que ça qui me permettait de me calmer, étant enfant ; que ça qui empêchait mon père de péter les plombs.

Et aujourd'hui encore, la musique chassait mes démons. Elle faisait fuir mes malheurs et mes chagrins. Je ne ressentais que la vibration des notes et je ne revoyais que le sourire de ma mère.

Avannah s'assit à mes côtés et je continuai à jouer. Les battements de mon cœur s'accélérèrent, comme à chaque fois qu'elle se trouvait un peu trop près de moi.

Je sentis sa joue se poser sur mon épaule et ses paupières se fermèrent pour écouter la musique. Je n'aurais pas cru qu'elle la perçoive avec tant de douceur.

J'arrivai à la fin de la mélodie, et la dernière note fut enfin jouée. J'attendis un commentaire de la part d'Avannah, mais elle se contenta de murmurer :

— Continue. Ça comble mon silence.

Je sus alors que je commençais à entrer dans son tourbillon d'émotions.

Je repris le piano et jouai encore et encore. Au fond de moi, j'espérais qu'elle me raconte un peu son passé, ce pourquoi elle était revenue ici, à Clarksville, seule, et pourquoi elle ne me parlait jamais de sa mère. Je voulais savoir de quelle manière Courtney avait été là pour elle, et pourquoi elle en avait eu besoin.

Mais je savais que je devais lui laisser du temps, tout comme elle le faisait pour moi.

Au bout d'une heure, mes doigts étaient endoloris, et je cessai de jouer. Avannah leva la tête.

— J'ai fait tout ce que je connais… dis-je avec un sourire.

— Tu joues atrocement bien, Jason Clayton.

Elle était encore plus près de moi, à présent, et je ne pus m'empêcher de baisser le regard sur ses lèvres. Avannah finit par se lever, et la déception me tomba sur les épaules comme une chape de plomb.

— Il est trois heures du matin, lança-t-elle en bâillant.

— Allons-nous coucher, alors.

Mes yeux se fermaient tout seuls. Dans quelques instants, je serais dans l'impossibilité de les garder ouverts.

Alors que je laissais Avannah entrer dans sa chambre, elle lâcha, juste avant de fermer sa porte :

— Merci pour cette soirée, Jason.

Je hochai la tête et lui tournai le dos. Elle avait été des plus longues, entre l'observation des étoiles, la bagarre et la découverte des secrets de l'autre.

Mais elle avait également été l'une des plus belles.

Jason

« À chaque jour ses choix. »
Mary Gaitskill

Quinze jours plus tard.

J'ouvris les yeux. Dehors, le ciel était d'un gris terne. Il n'y avait pas le moindre rayon de soleil. Avec un gémissement de fatigue, je consultai mon téléphone. Il était dix heures treize du matin, et j'avais deux nouveaux messages.

Le premier était de David, mon patron.

Comme tu le sais, pas de boulot aujourd'hui. Sois prudent !

Mes pensées étaient encore vagues, et je tentai de me remémorer pourquoi il fermait la pizzeria ce soir, puis je me souvins de la tempête tropicale que les météorologues annonçaient depuis des jours. Il était déconseillé de sortir, au risque de se mettre en danger.

Mon téléphone vibra et je regardai le second message en me brossant les dents. C'était un message d'Eli et je levai les yeux au ciel en le lisant.

Tu te ramènes et on se barre faire une virée ?

Eli était vraiment un chouette type, bourré d'humour et de positivité. Ces dernières semaines, il avait été d'une grande aide pour moi et me permettait de sortir de mes pensées. Il était au courant pour ma mère et mon père, et c'était bien le seul de mon entourage. Il n'avait jamais posé plus de questions et se contentait de me raconter sa vie de A à Z.

Ah, si. Il avait bien un défaut. Il me parlait bien trop souvent d'Avannah, et ses futures questions m'ennuyèrent avant même que je ne le voie.

T'as oublié la tempête ?

Il répondit la seconde d'après, comme s'il était accroché à son téléphone.

Merde. Je suis devant chez toi de toute façon.

C'est pas vrai, pensai-je.

Je t'ouvrirai pas.

Sa réponse me fit soupirer et rire à la fois.

Je resterai jusqu'à ce que tu lèves ton cul et viennes m'ouvrir. Tu vas pas me laisser dans la tempête ! Et faut que tu me dises qui est cette meuf canon qui habite en face de chez toi !!

Je terminai de me brosser les dents et descendis dans le salon. Quand j'ouvris la porte à Eli, je me pris une bourrasque de vent dans la figure.

— Ah, enfin ! s'exclama Eli en entrant.

Ses cheveux coupés très courts le faisaient ressembler à un militaire tout juste rentré pour une permission. Eli n'hésitait pas à laisser à la vue de tout le monde les dizaines de tatouages qui lui recouvraient les bras. Mais même s'il souhaitait ressembler à un dur, il avait le cœur sur la main. Il était d'ailleurs au courant de ce qu'il s'était passé au lycée avec Alex Kaynes, des années auparavant.

Il attrapa la télécommande et alluma la télévision. Je m'assis à ses côtés.

— Bon, elle est où ? interrogea Eli.

— Quoi ?

— Avannah. Elle est où ? Que je la rencontre !

Il m'adressa un sourire en coin, presque sournois.

— Me dis pas que t'es venu juste pour la voir ? soupirai-je.

— Depuis le temps que tu m'en parles ! Aujourd'hui, c'était le moment idéal.

Eli changea de chaîne. Il me regarda ensuite en haussant les sourcils.

— Elle doit encore dormir, dis-je.

Son regard devint joueur et il se leva du canapé sans prévenir pour grimper les marches quatre à quatre.

— Eli ! m'exclamai-je, certain de ce qu'il allait faire.

— Avannah ? lança-t-il avec un sourire. Avannah !

Je ris d'avance en imaginant la scène. Si Eli réveillait Avannah de cette façon, elle n'hésiterait pas à l'insulter de tous les noms d'oiseaux qu'elle connaissait. Mon ami déboula dans la seconde et dernière chambre de la maison.

— Ava… !

J'arrivai derrière lui, et je fus pris par surprise en constatant que la pièce était entièrement vide. Le lit aux draps froissés avait été fait rapidement. Des fringues jonchaient le sol. Je n'avais jamais pensé qu'Avannah soit aussi bordélique.

— Elle n'est pas là ? demanda Eli, stupéfait.

— Je ne l'ai pas entendue partir, répondis-je en attrapant mon téléphone.

Avait-elle eu la mauvaise idée de sortir alors qu'une tempête tropicale allait bientôt nous passer dessus ? Les doigts tremblants, j'entrepris de lui écrire un message en descendant les escaliers.

Où est-ce que t'es ?

Elle me répondit quelques secondes plus tard.

J'avais une course urgente à faire dans le centre, je me dépêche. J'ai bientôt plus de batterie.

— Alors ? Elle t'a largué ? demanda Eli.

— On n'est pas ensemble, Eli.

— Vous habitez dans la même baraque ! Me dis pas que vous avez jamais…

— Ferme-la.

Eli éclata de rire et se dirigea vers une fenêtre. Il tira le rideau pour regarder dehors.

— Elle a une course urgente à faire, lui appris-je.

— Une course urgente ? lut Eli par-dessus mon épaule. Qu'est-ce qui peut être si urgent ?

Je n'en avais aucune idée, mais je comptais bien la faire changer d'avis. Je composai son numéro de téléphone et attendis qu'elle daigne décrocher. Je tombai malheureusement sur son répondeur. Son portable s'était sans doute déchargé.

— Et elle, alors ? lâcha Eli devant la fenêtre. Qui est cette meuf sublime qui habite en face ?

— C'est Courtney, répondis-je. La meilleure amie d'Avannah. Enfin, l'ancienne meilleure amie…

— Cette chance que t'as, Jason ! T'es entouré de canons…

— Tu peux pas être sérieux deux minutes ? m'irritai-je. Avannah est dehors avec ce temps de fou…

— T'en fais pas pour elle, tenta-t-il de me rassurer. Elle va se dépêcher.

J'espérais qu'il disait vrai, mais je ne pus m'empêcher d'attendre derrière la fenêtre. J'imaginais sa voiture débouler dans la rue et se garer derrière la mienne. J'étais incapable de penser à autre chose.

Eli me força à m'asseoir sur le canapé pour regarder la télévision avec lui, mais je ne parvenais pas à me concentrer. Je consultais mon téléphone toutes les trente secondes et envoyais un message à Avannah toutes les dix minutes, même si je savais qu'elle ne pourrait pas me contacter si son portable était en panne de batterie.

Au bout d'une heure, la pluie commença à s'abattre sur la maison, et ma peur augmenta en conséquence. Je n'arrivais pas à observer ce ciel noir et tonnant sans trembler comme une feuille.

— T'inquiète, lança Eli en mangeant un sandwich qu'il s'était préparé. Elle a dû se mettre à l'abri dans un commerce.

Quand un éclair traversa le ciel et qu'un coup de tonnerre fracassant retentit, j'attrapai ma veste.

— Eh ! s'exclama Eli en me voyant. Tu vas où comme ça ?

— La chercher. Je ne vais pas attendre les bras croisés alors qu'elle est dehors !

— Jason ! Merde, Jason ! Reste ici !

Je ne répondis pas à ses cris. Il finit par me suivre et ferma la porte derrière lui. La pluie tombait si fort qu'elle inondait déjà la rue. En entrant dans la voiture, nous étions trempés.

Je fis marche arrière bien trop rapidement et accélérai en direction du centre-ville. Il faisait si sombre qu'on aurait cru que la nuit était déjà tombée. Un éclair zébra une nouvelle fois l'horizon.

— C'est une mauvaise idée d'aller la chercher, lança Eli en se tenant à la portière. On voit rien à travers le pare-brise !

Il avait raison. Malgré la vitesse maximale des essuie-glaces, c'était un vrai parcours du combattant

pour se repérer, mais je ne comptais pas m'arrêter à cet obstacle.

— Je déteste les orages… rumina Eli.

— Arrête de râler ! m'énervai-je. Aide-moi à la repérer, au moins !

— Je ne sais même pas à quoi elle ressemble !

Je fixai les rues de Clarksville tout en conduisant, mais il était presque impossible de discerner quoi que ce soit sous ces trombes d'eau. D'ailleurs, personne ne se risquait à sortir, avec ce temps.

Le cri d'Eli me fit soudain sursauter.

— ATTENTION !

Des phares m'éblouirent et je tournai le volant vers la droite pour éviter une voiture. Les pneus décollèrent du sol et nous montâmes sur le trottoir dans un soubresaut effrayant. Après avoir dépassé la voiture, je revins sur la route, le cœur battant la chamade. Eli se tenait à la portière comme si sa vie en dépendait.

— Putain de merde !

Tenant fermement le volant, je ne quittais plus la route des yeux et me mis à ralentir, le souffle saccadé.

— Jason ! hurla Eli à mes oreilles. T'as envie de mourir ou quoi ? T'as vu ce qui a failli arriver, là !

Je ne répondis pas, encore sous le choc de ce qu'il venait de se passer. J'espérais au plus profond de moi qu'Avannah était en sécurité chez quelqu'un. Je ne pouvais songer au fait qu'elle était à l'extérieur, sous la pluie, alors que l'orage éclatait et qu'un vent violent menaçait de tout détruire sur son passage.

— Fais demi-tour, Jason ! Rentrons !

Je sentais Eli se mettre en colère, mais je ne pouvais pas l'écouter.

— JASON ! Bordel, fais demi-tour ! On voit rien, on va finir par avoir un accident !

— La ferme !

Mes doigts se crispèrent sur le volant. Eli m'observa d'un regard profond pendant que je tournai au coin d'une rue.

— T'es accro, hein ? s'enquit-il d'une voix étrangement calme.

— Qu'est-ce que tu racontes…

— T'es accro à elle.

Je soupirai.

— Je ne peux pas la laisser seule, dis-je d'une voix tremblante. Je ne peux pas l'abandonner.

— OK.

Eli souffla, mais acquiesça.

— D'accord, on va la trouver.

Je le remerciai silencieusement. Je pouvais comprendre à quel point cela pouvait être difficile pour lui de se trouver au milieu de cette tempête alors qu'il ne connaissait pas Avannah.

Mais il était l'une des rares personnes à me comprendre, et il savait qu'Avannah me faisait du bien. Il l'avait constaté ces dernières semaines et n'avait pas hésité à m'en faire la remarque. Il acceptait de continuer pour moi.

Eli fit alors l'effort de jeter un coup d'œil à l'extérieur, même s'il se retenait de ne pas hurler de frayeur à chaque bourrasque qui faisait bouger la voiture. Je n'étais pas tranquille, moi non plus. Nous étions quasiment seuls dans la ville, à rouler sous cette pluie torrentielle. Les rues semblaient totalement désertes et je commençais à croire qu'Avannah avait pu se réfugier chez quelqu'un.

— Là ! m'exclamai-je. C'est sa voiture !

Elle était garée maladroitement sur le trottoir, juste en face de la librairie où je l'avais revue quelques semaines

plus tôt. L'habitacle était vide. Avannah n'était pas à l'intérieur.

— Bordel, mais elle est où ? questionna Eli en plissant les yeux.

Je me posais la même question. Plus les secondes passaient et plus mon souffle s'emballait. La pluie tombait tant que les routes s'inondaient à la vitesse de la lumière. Il régnait un bruit assourdissant. L'eau se fracassait sur le toit de la voiture.

Je m'arrêtai juste en face de la librairie et essayai de discerner des silhouettes à l'intérieur, mais en tournant la tête, j'aperçus une silhouette recroquevillée contre un lampadaire, les genoux contre la poitrine et les mains sur la tête.

— Mais… commençai-je.

— C'est un gamin ! s'écria Eli, ébahi.

Le petit tremblait et semblait frigorifié.

— Bordel ! Mais qui a pu laisser son gosse ici ? lança mon ami, prêt à sortir.

— On peut pas le laisser.

J'imaginais Avannah à sa place, apeurée par cette tempête.

Je sortis de la voiture et la pluie s'abattit sur mon corps comme des balles de mitraillette. Mes pieds furent engloutis par l'eau et je me mis à courir à l'aveugle vers l'enfant. Je n'apercevais presque rien avec cette eau qui me brouillait la vue.

Je faillis trébucher à plusieurs reprises dans le courant, mais je réussis à atteindre le garçon. Je le soulevais dans mes bras quand j'entendis mon nom.

— JASON !

Je me retournai vers la voix. Avannah était là, trempée jusqu'aux os, sur le trottoir juste devant la librairie. Elle se dissimula le visage pour se protéger de la pluie, mais cela n'arrangea rien. J'aperçus une chose voler dans le ciel. Un morceau de taule s'abattit sur une maison avec fracas, arraché par la tempête.

Je criai à Avannah de se réfugier n'importe où. Je courus vers la voiture et mis l'enfant à l'arrière. Eli me cria de rentrer à mon tour, mais je ne pouvais pas laisser mon amie.

Elle tentait tant bien que mal de se frayer un chemin vers moi. Un autre morceau de toiture s'envola au-dessus de nous et nous nous baissâmes au même instant. Je vis Avannah chuter.

Je m'élançai vers elle pour l'aider à se relever. J'attrapai son bras et elle s'accrocha désespérément à moi. Quand nous fûmes enfin tous les deux dans la voiture, nous soupirâmes de soulagement.

— Jason ! lança Eli en me frappant l'épaule. Tu m'as foutu une peur bleue !

Avannah enlaça l'enfant pour le rassurer. Il claquait des dents. J'aurais aimé l'emmener à l'hôpital où ils pourraient certainement mieux l'aider que nous, mais c'était inenvisageable avec cette tempête.

— Alors, c'est toi, Avannah ? questionna Eli. Tu sais qu'on vient de risquer notre vie pour toi ? Tu nous en dois une…

— Eli, coupai-je en accélérant. Ferme-la, tu veux ?

Avannah respirait fortement à l'arrière.

— Jason, lança-t-elle, essoufflée. Qu'est-ce que vous faites ici ?

— Je suis venu te chercher ! répondis-je, énervé. Qu'est-ce qu'il t'a pris de sortir avec ce temps ?

— Désolée, dit-elle. Je…

— C'est bon, la coupai-je. On en parlera plus tard.

C'était un soulagement pour moi de la voir. L'appréhension diminua peu à peu.

— Tu sais qu'il t'aime vraiment pour être venu te chercher ? lui demanda Eli. Je l'ai jamais vu comme ça auparavant. Sérieux, tu lui as fait quoi pour qu'il change comme ça ?

— Arrête, putain ! m'énervai-je.

J'adorais Eli, mais qu'est-ce qu'il pouvait me taper sur le système ! Qu'est-ce qui lui prenait de dire ce genre de chose à un moment pareil ? Mes joues s'étaient empourprées, et j'espérais qu'Avannah et lui ne le remarqueraient pas.

Les mains sur le volant, je réfléchissais à toute vitesse à ce que nous allions faire. La pluie semblait de plus en plus violente et, bientôt, des flots torrentiels submergèrent la route.

— Waouh ! s'écria Eli.

Je jetai un coup d'œil par la fenêtre et constatai l'eau qui montait trop rapidement. En sentant le véhicule tanguer, je devinai que nous n'avions plus qu'une seule chose à faire :

— On doit sortir !

— Quoi ? beugla mon ami.

— On peut pas rester là ! La voiture va se faire emporter !

— Si on sort, c'est nous qui allons nous faire emporter ! s'exclama la voix paniquée d'Avannah.

— On n'a pas le choix !

Je vérifiai que le frein à main était bien actionné et tentai d'ouvrir la porte. Cependant, c'était impossible, l'eau la bloquait. Je fis descendre la fenêtre jusqu'en bas et y passai mon corps. Quand je sautai dans l'eau, je dus me tenir bien ancré sur mes pieds pour ne pas tomber, puis Avannah me tendit l'enfant par la vitre ouverte. Je le portai contre moi, ses sanglots retentissant à mes oreilles.

Avannah et Eli sortirent à leur tour, et la jeune femme s'accrocha au bras d'Eli pour ne pas perdre l'équilibre. La pluie nous empêchait de nous repérer convenablement dans la rue. Je poussai Eli et Avannah dans le dos, leur hurlai de se dépêcher et nous atteignîmes ce qui nous parut être le trottoir.

Mon ami se précipita vers une boutique et tenta d'ouvrir les portes par la force, mais elles ne cédèrent pas. De l'eau jusqu'aux genoux, je donnai l'enfant à Avannah qui lui murmura des mots rassurants à l'oreille, et je partis aider Eli. Au bout de longues minutes insupportables, l'entrée s'ouvrit enfin et les flots nous poussèrent à l'intérieur.

L'épicerie n'était pas très grande et totalement vide, les employés ayant sans doute quitté les lieux à l'annonce de la tempête. Enfin protégé de la pluie, je me frottai le visage pour sécher ma peau dégoulinante. Je remarquai au fond un escalier quand l'enfant se mit à pleurer fortement.

— Maman ! Je veux ma maman !

— Tout va bien, d'accord ? tenta Avannah en lui caressant les cheveux.

Il se débattit dans ses bras.

— Comment tu t'appelles ? lui demandai-je.

— Théo, répondit-il d'une petite voix.

— Ça va aller, Théo, lançai-je en lui tapotant l'épaule. Tu vas vite…

Un bruit sourd venant de l'extérieur nous vrilla les tympans. Je laissai le gosse pour regarder par la baie vitrée. Mon visage se pétrifia d'horreur quand je vis l'arbre tomber sur nous.

Je reculai précipitamment et le sol trembla quand l'énorme tronc se fracassa contre la bâtisse. L'étage au-dessus de nous se craquela de toute part. J'entendis le cri terrifié d'Avannah, avant qu'il ne soit étouffé par les débris.

« Seul un être brisé peut en réparer un autre.
On ne comprend la douleur que si on l'a
fréquentée. »
Amanda Sthers

Je ne me rendais pas compte de la chance que j'avais eue de vivre.

La mort, c'était ce qu'il y avait de plus terrifiant. Durant ma vie, j'avais songé de nombreuses fois à cette alternative. Au décès de ma mère, notamment. J'étais tombé dans une souffrance sans nom, une douleur inimaginable. Je ne parvenais plus à ouvrir les yeux sans y voir l'obscurité.

J'avais réussi à remonter la pente, sans être toutefois entièrement comblé. Quelque chose m'avait toujours manqué. Ce manque, je l'avais ressenti chaque seconde de mon existence.

À présent que je me trouvais entouré d'hommes et de femmes en blouses blanches, je réussis à mettre un mot sur ce qui m'avait manqué durant toutes ces années.

Du temps.

Du temps passé avec ma mère. Le mien avait été bien trop court pour un enfant.

Et aujourd'hui, du temps avec Avannah qui m'aidait de toutes les façons possibles, sans même en être consciente.

Mes paupières s'ouvrirent avec difficulté. Les néons m'éblouirent et m'arrachèrent quelques larmes au passage. Un masque était posé sur mon visage. Je tentai de me dégager, mais j'étais bien trop amorphe pour effectuer un geste précis. Je crus entendre la voix distincte d'Eli. Quand je tournai le regard vers lui, je le vis debout un peu plus loin, le visage en sang, mais apparemment indemne.

Je levai la main vers lui, mais il s'éloigna avec bien trop de rapidité.

— Ça va aller, Jason ! l'entendis-je crier avant de tousser.

Je n'en étais pas vraiment sûr, au fond de moi.

Mon corps me faisait un mal de chien. Des médecins et des infirmières s'activaient autour de moi, prononçant des paroles que je ne comprenais pas. Je discernais un *bip* sonore et régulier qui resterait gravé dans mon cerveau à jamais.

— Avannah… tentai-je de prononcer, mais cela ressemblait plus à un gargouillis qu'autre chose.

Je sentis une remontée acide venant de mon estomac et je m'étouffai. On ôta le masque que j'avais sur le visage et je me mis à vomir du sang. Je faillis tourner de l'œil à cette vue.

Un médecin me positionna sur le côté et hurla un ordre. Les dernières paroles que je perçus furent : « *Il doit faire une hémorragie interne !* », et peu à peu, mes paupières se fermèrent. Tout devint noir.

*

J'entendais la voix de ma mère emplir mes oreilles d'une douce mélodie. Elle avait toujours eu un magnifique timbre, accompagnant ses compositions au piano. À présent qu'elle était à mes côtés, je me rendais compte à quel point ses chansons m'avaient manqué.

Un sourire éclaira mon visage et je levai la main vers elle, sans pouvoir la voir. L'obscurité régnait autour de moi. Je savais qu'elle était là, car j'entendais sa voix, mais elle restait invisible.

— Qu'est-ce que tu fais là, Jason ?

Je frissonnai en entendant mon nom. Des années qu'elle ne l'avait plus prononcé, hormis dans mes souvenirs. Je tournai sur moi-même, la cherchant des yeux.

— Je ne sais pas… avouai-je, égaré.

— Tu ne devrais pas être là, dit-elle, sans que je puisse la voir.

J'avançai vers sa voix. Le sol sous mes pieds était aussi noir et sombre que l'espace qui m'entourait. J'ignorais où je me trouvais, et c'était le plus effrayant.

— Et toi, Maman ? Pourquoi es-tu là… ? osai-je demander.

Je déglutis avec difficulté, car, au fond de moi, je possédais déjà la réponse à cette question.

Un silence se déposa sur moi comme une plume, avant que sa voix déclare :

— Jason… Tu dois rentrer, maintenant.

Je paniquai.

— Quoi ? Rentrer où ? Je ne veux pas t'abandonner.

— Tu ne m'abandonnes pas, mais tu dois repartir. Ce n'est pas le moment…

*

Mes paupières s'ouvrirent alors, sans que je le décide. L'obscurité laissa la place à la lumière, et la blancheur des murs m'éblouit. Quelque chose me gênait sur le bras droit, et je baissai les yeux pour constater qu'une perfusion perçait ma peau. À côté de moi était suspendue une pochette d'un liquide transparent.

Tout me revint alors en mémoire.

L'arbre se fracassant sur l'épicerie, le cri d'Avannah, puis l'asphyxie.

Et l'après.

— Avannah… demandai-je à Eli qui se trouvait à mes côtés.

Il avait quelques plaies au visage et une minerve autour du cou. Je remarquai que j'en avais une, moi aussi. Mais ce dont j'avais besoin, à l'instant, c'était de savoir si Avannah était en vie. Je ne pourrais continuer de respirer sans elle.

— Elle est dans une autre chambre, m'informa mon ami en me touchant le bras. Elle va se remettre.

Un soulagement intense m'envahit et je me mis à rire. Un rire étrange et traumatisé. Eli lui-même en fut abasourdi.

Mon rire se transforma en sanglots et je me mis à pleurer comme jamais. Le choc m'emportait, maintenant que j'étais en sécurité. Eli prit une chaise et s'assit, m'observant en silence. Je finis par me calmer et par fixer le plafond de la chambre d'hôpital.

Le *bip* qui retentissait m'agaçait.

— Mais, Jason… commença Eli.

Une boule d'angoisse se forma dans ma gorge. Les yeux de mon ami étaient remplis de larmes.

Je ne l'avais jamais vu pleurer.

— Le gamin… continua-t-il en reniflant. Il n'a pas survécu.

Je l'avais complètement oublié. Ce gosse que j'avais récupéré sous la tempête. Théo.

Peut-être aurais-je dû le laisser sous la pluie.

Qu'aurais-je donné pour retomber dans le sommeil et revoir ma mère ? Depuis que j'avais ouvert les yeux, je ne faisais face qu'à l'horreur de la réalité.

— Avannah s'en veut, tu sais, me lança-t-il.

— Pourquoi ?

— Elle dit que si elle n'était pas sortie, tu ne serais pas venu la chercher, et rien de tout ça ne serait arrivé.

— Ce n'est pas de sa faute, lâchai-je.

— C'est ce que je lui répète depuis trois jours… mais elle y croit vraiment.

— Attends… Trois jours ?

Eli acquiesça lentement.

— Ça fait trois jours que tu dors, mec.

— Qu'est-ce que j'ai, exactement ? m'enquis-je, en espérant ne pas avoir deux jambes en moins.

— Tu t'en sors vraiment bien d'après les médecins, me rassura Eli. Deux côtes fêlées. Pour le reste, t'as fait une hémorragie interne qu'ils ont réussi à arrêter et t'as plusieurs points de suture à la tête.

Je montrai la minerve que j'avais autour du cou en lui lançant un regard interrogatif.

— C'est juste par précaution, mais ils devraient te la retirer dans la journée, je crois.

— Et toi ? Tu n'as rien ?

— Absolument rien, souffla-t-il avec soulagement. Je crois que mon père était avec moi, à ce moment-là.

Je me souvins alors qu'Eli avait perdu son père quelques années auparavant, et il restait persuadé, depuis, qu'il était constamment à ses côtés.

— Ma mère est venue, continua Eli. J'ai dû tout lui raconter, et j'ai bien cru qu'elle allait te tuer, jusqu'à ce

que je lui explique tes motivations à être sorti sous la pluie.

— Mes motivations ?

— Ouais, tu sais bien. Avannah.

Je fermai les paupières, les lumières de la chambre m'éblouissaient. Je n'avais plus envie de parler.

— Dis-moi juste ce qu'a Avannah… lui demandai-je.

— On a dû l'opérer parce qu'un morceau de verre s'était planté dans son ventre. La baie vitrée a complètement explosé avec la chute de l'arbre.

J'en eus le souffle coupé.

— Elle va rester un peu plus longtemps que toi à l'hôpital, m'informa mon ami en remarquant ma panique. Mais tout va bien, t'en fais pas. Elle va se remettre, je t'ai dit.

Je hochai la tête, peu convaincu et incapable de prononcer un mot. J'eus l'impression qu'il ne me disait pas tout.

Eli finit par me laisser seul. Je l'entendis discuter devant la porte de ma chambre avec une infirmière.

— Vous êtes certain qu'il n'y a personne à appeler pour votre ami ? questionna-t-elle.

— Non… répondit Eli. Non. Il n'a personne.

Par la fenêtre, je remarquai que la pluie tombait toujours, mais avec beaucoup moins de violence. Au fil des heures, tandis que la nuit approchait, les nuages finirent par se disperser et laissèrent les étoiles prendre leur place.

On vint enlever ma minerve et je pus enfin me lever avec l'aide d'une infirmière, au moins pour me rendre jusqu'aux toilettes. Grâce aux médicaments, la douleur de mes côtes cassées était minime, mais je n'osais imaginer ce qu'il en serait plus tard.

Le lendemain, on m'apporta un fauteuil roulant et je pus me rendre jusqu'à la chambre d'Avannah. Quand j'entrai dans la pièce, elle était assise dans son lit, le dossier redressé, les yeux rivés à la fenêtre.

— Hey, lançai-je.

Avannah ne se retourna pas vers moi.

Ses cheveux étaient emmêlés dans un chignon rapide. Je remarquai ses ongles rongés et ses prunelles vides. Je m'avançai vers elle, me trouvant subitement ridicule dans ce fauteuil roulant.

— Avannah ?

— Qu'est-ce que tu fais là ?

Son ton sec me surprit.

— Je viens voir comment tu vas.

— Ça va.

Son regard ne bougeait pas de la fenêtre. Je ne pouvais apercevoir qu'une infime partie de sa joue droite.

— Tu peux partir, maintenant, dit-elle.

Je fronçai les sourcils.

— Je m'inquiète pour toi, répondis-je en m'avançant encore.

— Ne t'approche pas.

Ses mains se mirent à trembler, mais je ne l'écoutai pas. Je m'avançai un peu plus, le cœur battant la chamade.

— Avannah, qu'est-ce qu'il se passe ?

— Ce qu'il se passe ?

Elle se tourna enfin vers moi. Ses traits étaient maculés d'égratignures et de bleus, et une grimace de douleur apparut sur son visage. Les larmes se mirent à couler sur ses joues.

— Un enfant est mort… chuchota-t-elle. Un gosse a perdu la vie et on n'a pas réussi à le sauver…

Le *bip* du moniteur s'accéléra. Je ne l'avais jamais vue dans un tel état de désespoir. Des infirmières arrivèrent dans la chambre, alertées par l'accélération de son rythme cardiaque. L'une d'entre elles descendit le drap qui recouvrait la taille d'Avannah pour découvrir une tache rouge sang sur le bandage.

— Elle a rouvert sa plaie, nous informa-t-elle.

— Avannah ! l'appelai-je en essayant de me lever.

Elle ne me regarda pas. Les larmes continuaient à rouler sur son visage grimaçant. Une infirmière fit reculer mon fauteuil et je regagnai le couloir sans pouvoir aider mon amie.

Le regard qu'elle m'avait lancé avait été le pire coup que j'aurais pu recevoir ; un regard désespéré et rempli de remords.

La gorge sèche, je n'aperçus pas le couple qui s'avançait vers moi en bousculant ceux qui leur barraient le chemin. Âgés d'une trentaine d'années, ils avaient tous deux des yeux injectés de sang, comme s'ils avaient trop pleuré.

— C'est vous ! s'exclama l'homme en tremblant. C'est vous qui avez tué mon fils !

Je pâlis, prenant conscience de l'identité des personnes que j'avais en face de moi. La journée n'aurait pu continuer de pire façon. Les parents de l'enfant que j'avais voulu protéger me reprochaient son terrible destin.

Je me sentis chavirer, les souvenirs du gosse reprenant place dans mes pensées. Ma vue s'assombrit un instant. Si j'avais su…

— C'est vous qui auriez dû mourir, vociféra la femme. Vous n'avez aucune place en ce monde.

L'infirmière qui tenait mon fauteuil leur demanda de s'en aller avec douceur. Ils me tournèrent le dos avant d'éclater en sanglots.

Je n'entendis pas le médecin me rassurer et m'expliquer que ce n'était aucunement ma faute.

« *Si tu veux connaître quelqu'un, n'écoute pas ce qu'il dit, mais regarde ce qu'il fait.* »
Dalaï-Lama.

La souffrance physique diminuait peu à peu.

Mais la douleur mentale, elle, augmentait à mesure que les heures s'écoulaient.

Avannah refusait de parler.

Je pouvais m'asseoir à ses côtés et lui tenir la main sans qu'elle esquisse un seul geste ; je n'avais jamais droit à un regard ni à une parole. Elle se contentait de fixer quelque chose d'invisible par la fenêtre, sans ouvrir la bouche.

Même les infirmières ne récoltaient aucune réponse à leurs questions.

Eli tenta par tous les moyens de la faire parler, avec son habituel humour, mais les sourires d'Avannah avaient eux aussi disparu, et c'était peut-être le pire dans tout ça. Ne plus entendre son rire et ne plus contempler son sourire.

Pourtant, j'avais besoin d'elle pour me remettre de ce qu'il s'était passé et pour me convaincre que la mort du gamin n'était pas de notre faute, mais à chaque fois que je posais les yeux sur elle, je ne parvenais qu'à réentendre ses paroles désespérées.

Son père était arrivé le lendemain du drame, après que le temps se fut calmé. Il passait du temps avec elle, mais Avannah semblait à peine le remarquer. Elle regardait la télévision sans vraiment chercher à comprendre l'émission, elle mangeait sans un mot, puis se reposait la plupart du temps.

Son chirurgien lui fit passer un scanner pour déterminer si elle n'avait pas une hémorragie interne ou autre chose qui puisse expliquer son mutisme soudain, mais il n'y avait rien de tout ça.

— C'est l'état de choc, nous informa-t-il. Il lui faut juste du temps.

Cependant, ce que les médecins trouvèrent chez Avannah fut bien différent de ce à quoi nous nous attendions. Elle ne parut pas s'en rendre compte. Son père, Eli et moi fûmes toutefois ébranlés par la nouvelle. Je n'aurais jamais cru que la vie puisse s'acharner à ce point sur une personne.

— Avannah a une insuffisance cardiaque, nous expliqua le médecin. C'est étonnant que ça n'ait pas été diagnostiqué plus tôt.

Son père dut prendre plusieurs minutes pour digérer cette annonce. J'étais déjà remué par cette révélation, je ne pouvais imaginer ce qu'il pouvait ressentir. Au bout d'un long moment, il finit par prendre la parole.

— Elle n'a jamais fait d'examens avant aujourd'hui… murmura-t-il. Je… Je me souviens qu'elle était plus essoufflée que les autres lors des cours de sport au collège et au lycée.

— C'est à cause de ça. Elle a eu de la chance pendant tout ce temps.

Quand on lui annonça la nouvelle, Avannah se contenta de baisser la tête, les sourcils froncés, en proie à une intense réflexion. Ça ne parut pas la chambouler plus que ça, contrairement à son père qui avait du mal à tenir debout.

Après ça, il demanda à me parler seul à seul. Nous nous retrouvâmes dans ma propre chambre d'hôpital, que je n'allais d'ailleurs plus tarder à quitter. Le père d'Avannah semblait troublé par ce qu'il avait à m'annoncer.

— Tu sais que la mère d'Ava est morte quand elle était jeune, n'est-ce pas ? questionna-t-il après s'être assis.

Je hochai la tête.

— J'ignore si elle t'en a parlé, mais… La période après son décès a été très dure pour Avannah et pendant plusieurs semaines, elle est tombée dans un mutisme incompréhensible. L'état de choc, d'après les médecins. Elle a fini par en sortir, non sans difficulté.

— Quoi ? lançai-je, hébété. Je n'étais pas au courant que c'était à ce point-là.

— Ce n'est pas étonnant. Elle n'en a jamais parlé à personne. Je… Je regrette de te mettre au courant dans de telles circonstances, Jason, mais tu dois l'être si cela venait à se reproduire.

Cette conversation fut courte et pourtant riche en émotions. Je me surpris à en vouloir à Avannah de ne pas m'en avoir parlé avant, mais le regrettai juste après. J'avais mes propres raisons de garder le silence sur certaines choses, moi aussi. Je ne pouvais rien lui reprocher.

Son père partit quelques jours plus tard pour retrouver son travail. Il avait demandé à Avannah de rentrer avec lui en Alabama, mais elle avait refusé plusieurs fois. Il n'avait pas pu la forcer et après nous avoir fait promettre de prendre bien soin d'elle, il s'en alla, le cœur un peu plus léger, promettant qu'il reviendrait chaque week-end. Je comptais l'appeler tous les soirs pour lui donner des nouvelles de sa fille. Eli me proposa de lui faire voir un psychologue, mais je refusai. Si elle ne parlait à personne, elle n'allait pas se confier à un inconnu du jour au lendemain.

Quand elle put enfin sortir de l'hôpital, une semaine après moi, je me chargeai de ranger ses affaires et de la ramener à la maison. Elle eut droit à un fauteuil roulant même si elle parvenait à se déplacer par elle-même.

Dans le silence.

Avannah passait des journées entières dans un mutisme complet. Elle mangeait en silence, se préparait en silence, regardait la télévision en silence et se contentait d'accomplir chaque jour les mêmes gestes.

J'avais temporairement arrêté le travail à cause du drame, mais je pris des congés en plus de ça, pour rester avec Avannah. Je lui parlais continuellement, sans m'arrêter, espérant qu'elle daigne décrocher un mot. J'ignorais si elle m'écoutait réellement. Mais m'occuper d'elle m'aidait à chasser mes propres démons.

Je ne comprenais pas ce qu'il se passait dans sa tête. Elle semblait être dans un autre monde, à des années-lumière de moi. Son visage restait impassible, mais je devinais que son âme se fissurait.

Son tourbillon d'émotions me tenait loin d'elle, comme si un mur s'était érigé entre nous. Je tentais chaque jour de le fracasser. De toutes mes forces, j'essayais de passer au travers.

En vain.

Eli vint dîner presque tous les soirs avec nous, pour nous changer les idées. En fait, il le faisait surtout pour moi. Il voyait bien dans quel état de détresse et de douleur le comportement d'Avannah me mettait. Tous les jours, sa réticence à parler me désespérait plus qu'autre chose.

— Avannah ? s'enquit Eli, un soir.

Cette dernière ne le regarda pas et se contenta d'attraper les quelques pâtes qui se trouvaient dans son assiette avec sa fourchette.

— Est-ce que tu vas parler, un jour, ou on doit s'habituer à vivre avec une morte ?

Je m'apprêtais à balancer un coup de pied à Eli sous la table quand les prunelles d'Avannah se levèrent vers lui. C'était la première fois qu'elle regardait quelqu'un depuis le drame, et c'était bien plus terrifiant que quand elle gardait les yeux baissés. Car son regard était vide.

Totalement vide.

Elle se leva avec son assiette et la jeta dans l'évier sans un mot avant de rejoindre les escaliers.

C'en était trop pour moi.

Les poings serrés, j'abandonnai ma chaise pour me diriger vers elle. La colère grimpa en moi sans prévenir. Je ne pouvais plus supporter son silence et son absence totale d'émotions.

Eli avait raison.

Je vivais avec une morte.

— Avannah ! criai-je.

Elle s'arrêta alors, sans pour autant se retourner.

Ma respiration s'accéléra, tout comme les battements de mon cœur.

— Dis-moi ce qu'il se passe !

Je sentis Eli sursauter derrière moi.

Avannah se tourna enfin vers moi, avec lenteur. Ses mains tremblaient. Elle m'observa d'un regard empli de chagrin avant de grimper les escaliers quatre à quatre et de fermer la porte de sa chambre derrière elle.

Je me frottai le visage.

— Eh, mec, ça va ? s'enquit Eli en s'approchant.

— Tu crois vraiment que ça va ? m'énervai-je. Je n'ai aucune idée de comment aider Avannah !

Je baissai les yeux, la respiration sifflante. La mort de ce garçon me hantait autant qu'Avannah, mais sa réaction était totalement… incompréhensible.

Elle s'était fermée à moi. À tout.

Eli me tapa l'épaule pour me réconforter quand une idée me vint en tête.

— Je sais.

— Tu sais quoi ?

Je ne lui répondis pas et attrapai ma veste. Je savais à qui me confier sur le comportement d'Avannah. Peut-être qu'elle m'enverrait balader, mais je n'avais rien à perdre.

Je traversai la route d'un pas vif pour me retrouver dans le jardin de Courtney. Plusieurs voitures étaient garées, et je devinai qu'elle avait invité des amis. Je m'en fichai. J'avais besoin de lui parler.

Je toquai plusieurs fois avant qu'on vienne m'ouvrir. Courtney se tenait devant moi, ses cheveux blonds attachés dans un chignon mal fait. En me reconnaissant, la surprise s'afficha sur ses traits, et elle ferma la porte derrière elle pour se retrouver sur le porche, juste en face de moi.

— Clayton, se contenta-t-elle de dire.

— J'ai besoin de toi.

— Waouh ! Après des années de pure ignorance au lycée et de bizarreries, voilà que tu viens toquer à ma porte pour me réclamer de l'aide ! s'exclama Courtney en levant les yeux au ciel.

— C'est pas pour moi… lui expliquai-je. C'est pour Avannah.

Étrangement, son regard s'adoucit. Même si elle s'était disputée avec sa meilleure amie, elle ne paraissait pas la haïr.

— C'est par rapport à l'accident, c'est ça ? devina-t-elle.

— Le gamin a été tué… Son père m'a raconté certaines choses sur son passé. Elle a été victime de mutisme, c'est ça ?

Son regard me laissait présager qu'elle savait déjà de quoi je parlais.

— Je crois que ça recommence… dis-je.

Je ressentais l'envie de secouer Courtney pour qu'elle m'explique comment venir en aide à Avannah. Comment recoller ses morceaux.

— Quand c'est arrivé, c'était comme… un état de choc, m'informa-t-elle. Son épisode de mutisme était assez effrayant.

Éberlué, je retins mon souffle.

— Comment… Comment s'en est-elle remise ?

— Je l'ai aidée, me raconta Courtney. J'ai été là pour elle pendant des semaines.

— Comment je dois faire ? Elle a l'air de me détester.

— Sois simplement présent… C'est la seule manière pour elle d'aller de l'avant. C'est comme ça que j'ai fait.

J'acquiesçai, la gorge nouée. Je remerciai Courtney d'un regard et tournai les talons. Ma démarche lente témoignait de mon incertitude. Je m'arrêtai cependant, lèvres plissées.

— Pourquoi tu ne l'aides plus, Courtney ?

Ma question la prit au dépourvu. Je sentais son regard sur mon dos. Je m'interrogeais sur les intentions de cette jeune femme qui avait prétendu être la meilleure amie

d'Avannah. Elle l'avait sauvée des années auparavant ; aujourd'hui, elle n'en semblait plus capable.

Quand je me retournai vers elle, elle n'esquissa pas un seul geste.

— Il y a un temps pour tout, Jason, répondit-elle d'une voix claire. J'ai été là pour elle, mais ça n'a apparemment pas suffi. C'est ton tour, à présent.

Et elle rentra chez elle.

J'ignorais de quelle façon m'y prendre pour aider Avannah. Et surtout, je ne croyais pas être la bonne personne pour ça. Je possédais moi-même des blessures encore ouvertes. Je me demandais si ma présence ne pouvait pas faire empirer son état.

Car elle semblait aussi brisée que moi.

Quand je tournai la poignée de la porte d'entrée, Eli attendait dans le salon, les yeux rivés sur la fenêtre. En me voyant, il haussa les sourcils. Je plissai les lèvres et secouai la tête. Avannah ne souhaiterait pas que je lui en parle.

Au bout d'une heure qui parut durer une éternité, Eli finit par attraper sa veste pour s'en aller. Je l'enlaçai fortement avant qu'il ne passe le seuil de la maison et soufflai à son oreille :

— Merci d'être là.

— C'est normal.

Il m'assena une tape amicale sur l'épaule.

— Prends soin d'elle.

J'opinai, non sans difficulté. Les prochains jours n'allaient pas être simples, autant pour Avannah que pour moi.

La maison redevint silencieuse, et la solitude s'abattit sur mes épaules. À l'extérieur, la nuit était presque entièrement tombée et plongeait le salon dans une obscurité mélancolique. J'allumai la lampe qui se trouvait dans un coin de la pièce, et cette dernière reprit un semblant de chaleur.

Mais sans la présence habituelle d'Avannah, rien n'était plus pareil. C'était comme vivre dans une maison vide.

Je m'appuyai au mur, contre les escaliers, et contemplai l'étage assombri. Je ne discernai rien d'autre que le bruit constant de ma respiration.

Durant de longues années, j'avais aimé vivre dans le silence, quand les cris de douleur de ma mère n'avaient plus été là pour le combler. Il avait été mon plus grand ami, au même titre que la solitude. Savoir m'exprimer n'avait jamais été ma plus grande qualité ni mon souhait, d'ailleurs.

Mais depuis que j'avais revu Avannah, je me sentais plus vivant que jamais. Elle était devenue ma bouffée d'oxygène dans ce monde incertain et étouffant et m'avait sorti de cet isolement envahissant dans lequel je vivais depuis mon enfance. Aujourd'hui, elle sombrait peu à peu dans les ténèbres, tout comme j'y avais sombré plus jeune.

Je n'aurais jamais cru que le tourbillon d'Avannah soit si complexe.

Je montai les marches lentement, les mains tremblantes, le cœur affolé et le ventre douloureux à cause de mes côtes fragiles. Je mis de côté ma rancune concernant son silence sur son traumatisme d'adolescente. J'avais besoin qu'Avannah me parle et se confie pour que je puisse l'aider.

Sa chambre était plongée dans l'obscurité.

— Ava ? lançai-je à l'entrée de sa chambre.

Elle était assise sur le lit et regardait par la fenêtre, contemplant la noirceur nocturne. Jack était à ses côtés,

son museau blotti dans ses bras. Avannah le caressait d'un geste distrait.

J'ignorais si elle m'avait entendu. J'entrai dans sa chambre et m'installai sur la chaise de son bureau. Des piles de feuilles et de livres ouverts trônaient devant moi et ne demandaient qu'à être feuilletés. Parfois, j'oubliais presque qu'elle allait bientôt commencer les cours à l'université. Nous étions au milieu du mois de juillet et la rentrée se faisait en septembre. Je n'arrivais pas à imaginer ce qu'il pourrait se passer d'ici là.

Je le remarquai alors, le cadre photo délicatement posé dans un coin. Je n'osai pas le prendre. Une femme souriait chaleureusement avec, dans ses bras, une enfant qui possédait le même regard qu'Avannah.

Je devinai que parler de sa mère n'était pas ce dont elle avait besoin. Elle risquait de m'en vouloir d'aborder le sujet.

— Est-ce que… tu as dessiné, ces derniers temps ? m'enquis-je.

Avannah secoua la tête, sans pour autant me regarder. Ses prunelles brillantes fixées sur mon visage me manquaient. Je pris une grande inspiration.

— Je n'ai plus joué du piano depuis la dernière fois, me confiai-je en contemplant mes mains blanches. C'était ma mère qui jouait, avant. Je pouvais rester des heures à l'écouter sans rien dire. Elle avait un don, tu sais.

Elle se tourna vers moi, blottit ses genoux contre sa poitrine et les entoura de ses bras. Elle me contempla sans un mot, prête à écouter la suite.

Peut-être que me confier sur mon passé l'aiderait à le faire à son tour. Je n'avais jamais rien raconté à personne. Je n'avais jamais narré mon enfance détruite.

Parfois, je me demandais comment je pouvais être toujours en vie.

Je ne la regardais pas. J'étais sûr que si je posais les yeux sur son visage angélique, je serais incapable de prononcer le moindre mot, bien trop subjugué par sa beauté mélancolique.

— Son piano est une des rares choses qui me restent d'elle, continuai-je doucement. Après sa mort, j'ai retrouvé ses partitions. Je les ai toujours trimballées avec moi. Quant à son piano, il était resté au grenier toutes ces années. Personne ne l'avait jamais touché jusqu'au jour où je l'ai dépoussiéré.

Évoquer mon enfance était plus difficile que je ne l'avais imaginé. Les événements me paraissaient lointains, mais les blessures n'étaient toujours pas cicatrisées. J'aurais aimé que celles d'Avannah le soient.

Je savais néanmoins que je ne pourrais pas tout lui raconter. Je n'étais pas prêt.

— La musique était la seule chose que mon père supportait. Elle réussissait même à le calmer. Ses colères étaient pires que tout ce que tu pourrais imaginer.

J'osai lever le regard vers la jeune femme. Avannah me contemplait sans cligner des paupières.

— Courtney a dû te raconter à quel point j'étais étrange, au lycée… soufflai-je. J'étais renfermé sur moi-même. Je ne parvenais pas à communiquer convenablement et, pourtant, ce n'était pas l'envie qui manquait.

Je lâchai un sourire si imperceptible que je doutai qu'elle l'ait aperçu. Un poids immense tomba sur ma poitrine. Plus les souvenirs jaillissaient et plus mes épaules me semblaient lourdes. Parler du passé me faisait encore souffrir. Je ne pouvais pas le nier.

— Avannah… Tu n'as pas à t'en vouloir de la mort de ce garçon. Ça aurait dû se passer autrement…

La douleur me serra la gorge. Je songeai à cet enfant et je ne pouvais m'empêcher de regretter mes actes. C'était comme si son fantôme était constamment là, dans un coin de toutes les pièces où je me trouvais.

Avannah continuait de m'observer. Ses iris sombres perdus dans la nuit brillaient férocement. Son visage était éclairé par les lampadaires de la rue. À chaque froncement de nez de sa part, les lumières jouaient avec les ombres sur sa peau.

— Je suis désolé, Avannah, mais… parle-moi. Laisse-moi t'aider.

La jeune femme posa son front contre ses genoux et serra ses doigts de toutes ses forces. Son corps fut pris de soubresauts et des gémissements parvinrent à mes oreilles. Des sanglots avaient pris d'assaut Avannah et les larmes apparaissaient au coin de ses paupières. Le souffle me manqua et je fis un geste de la main vers elle, impuissant. Accepterait-elle mon aide si j'osais m'approcher ? Ou me rejetterait-elle ?

Je me levai, incapable de la laisser dans un tel état de tristesse. Jack lança une plainte aiguë et se frotta contre le bras de la jeune femme. Quand je fus près d'elle, il descendit du lit, comme pour me laisser la place, mais au lieu de m'asseoir, j'attrapai le bout de ses doigts et la fit se lever. Elle me suivit sans me lâcher.

C'était le moment de combler son silence, et je savais dorénavant comme m'y prendre.

Nous descendîmes les escaliers sans un bruit. Seuls les reniflements d'Avannah s'élevaient dans la maison. Quand nous pénétrâmes dans la pièce principale, elle m'observa sans comprendre. J'abandonnai sa main pour m'asseoir sur la banquette du piano, et elle s'installa à mes côtés.

Je commençai à jouer sans vraiment savoir où cela allait me mener. Ce dont j'étais sûr, c'était que la musique adoucirait notre peine. C'était le seul moyen que j'avais trouvé pour rassurer Avannah.

Elle m'écouta et contempla mes doigts effleurer les touches. Le son qui sortait du piano m'apaisa aussi, et l'espace d'un instant, le visage de l'enfant disparut de mes pensées. Il n'y avait qu'Avannah, la musique et moi.

Au bout de quelques minutes, elle posa sa tête sur mon épaule. Un frisson me parcourut, mais il n'était aucunement dû à l'instrument. Plutôt à l'effet qu'Avannah produisait sur moi. J'aurais pu jouer des heures pour qu'elle puisse enfin trouver la paix.

Je finis par m'arrêter en songeant qu'elle s'était endormie contre moi, mais lorsque je levai les mains du clavier, elle releva la tête. Des larmes roulaient sur ses joues pâles. Des mèches de ses cheveux dissimulaient en partie son visage trempé.

La seule personne que j'avais prise dans mes bras en dehors de ma mère, c'était elle. Je n'avais jamais esquissé ce geste en plusieurs années, mais depuis que je connaissais Avannah, je n'arrêtais pas de le mettre en pratique.

Ma main sur son bras sembla l'intimider un instant, mais elle finit par lever la tête pour m'observer, cachée derrière un rideau de larmes. Son regard me brisa le cœur et je resserrai mes doigts sur sa peau pour témoigner de ma présence.

— Jason… murmura-t-elle.

Sa voix était faible, fragile, brisée. Je portai ma main à sa joue et essuyai les pleurs qui maculaient sa peau. Ce visage ne méritait pas de connaître la tristesse.

Avannah finit par loger sa main dans mon dos et elle plongea son nez au creux de mon cou. Je ressentis un frisson le long de mon échine, mais il n'était pas désagréable. En revanche, je savais qu'il pouvait être dangereux. Plus les jours passaient, et plus Avannah risquait d'entrer dans mon tourbillon pour ne plus jamais en sortir.

Mais pouvais-je vraiment m'opposer à ça ?

Mon corps entier fut parcouru d'un frémissement inconnu quand elle leva son visage et l'approcha du mien avec douceur. Ses cils caressèrent ma peau tandis qu'elle fermait les paupières. Son nez fin frôla ma joue avec délicatesse. Autour de moi, le monde se figea. Il n'existait plus que cet orage d'envie et de désir alors que la distance entre nos lèvres diminuait chaque seconde.

J'étais terrifié par ce qu'il se passait et, pourtant, je ne fis rien pour l'arrêter. C'était nouveau pour moi, atrocement effrayant, affreusement excitant.

Elle fit le premier pas et je ne la remercierais jamais assez pour ça. Ses lèvres salées se posèrent sur les miennes avec une légèreté infinie. Je fermai les paupières et la laissai nous mener dans une danse éphémère et exaltante.

Quand nous nous séparâmes, son regard était tout autre. Ses prunelles étaient illuminées d'un éclat nouveau.

Avannah ouvrit la bouche et murmura d'une voix vulnérable :

— Je suis désolée, Jason… Tellement désolée. J'aimerais effacer tout ça, j'aimerais… J'aimerais que ma mère soit là.

Je caressai ses cheveux et la berçai tout en fixant la pièce face à moi. Les sanglots apparurent au creux de ma gorge, mais je les rejetai.

— Moi aussi, Avannah. Moi aussi…

*

Avannah s'endormit au creux de mon bras sans même s'en rendre compte. Je repoussai une mèche de ses cheveux châtains derrière son oreille avant de la déposer sur son lit. Jack s'installa contre ses jambes et ne la quitta pas du reste de la nuit.

Allongé entre les draps froids dans ma propre chambre, je contemplai le plafond sans lumière. Des visages apparurent dans ma tête et firent émerger des souvenirs que je n'avais pas convoqués. Revoir celui de ma mère ne provoquait que de la souffrance. Je sentais ma poitrine se contracter sous l'effet du manque et de la douleur. Comme Avannah, j'aurais aimé qu'elle soit près de moi, à m'enlacer et à me confier au creux de l'oreille que tout irait bien. Quand les traits de mon père apparurent à leur tour dans mes pensées, la colère et la haine prirent place. Je me tournai sur le côté et serrai mes poings, enfonçant mes ongles dans mes paumes.

J'aurais hurlé si Avannah n'avait pas dormi dans la chambre d'à côté. Son visage finit par se matérialiser dans mon esprit et effaça celui de mon père. Ressentir la douceur de son baiser sur mes lèvres m'apaisa. Penser à ses yeux rieurs, ses joues roses et son sourire sincère chassa toute peine et toute rage. Je finis par m'endormir, l'esprit purifié par la présence d'Avannah.

Dans mes rêves, il n'y avait plus qu'elle et moi.

179

Jason

« C'est tuant, les souvenirs. »
Samuel Beckett

Quand Eli passa le lendemain après-midi, son visage refléta une profonde surprise en nous voyant tous les deux installés devant la télévision. Avannah mangeait du pop-corn devant la première saison de *Teen Wolf* et semblait subjuguée par le personnage de Stiles Stilinski. Si j'avais su que Dylan O'Brien la ferait rire à ce point, j'aurais utilisé cette thérapie depuis le début.

— Vous matez quoi ? interrogea Eli en s'affalant à mes côtés.

— *Teen Wolf,* répondit Avannah avant d'engloutir une poignée de pop-corn.

Eli haussa les sourcils à mon intention. Je compris son message silencieux. *Qu'est-ce qu'il s'est passé avec Ava ?*

Je me contentai de lui lancer un hochement de tête confiant, et il ne posa pas plus de questions.

— Vous n'avez jamais vu *Teen Wolf* ? blâma-t-il.

—Avannah n'a pas vu la dernière saison… exposai-je.

— Mais c'est la première, là !

— On en profite pour se refaire tous les épisodes.

Eli soupira de façon exagérée avant de poser sa tête sur le dossier du canapé. À vrai dire, je n'étais pas très enthousiasmé à l'idée de revoir intégralement la série, mais j'étais prêt à tout pour faire plaisir à Avannah.

— Vous avez vu le temps dehors ? nous blâma Eli.

— Ouais, et ?

— Et il fait un temps magnifique ! Ce serait du gâchis de ne pas en profiter. Ça vous dit, la plage ?

— On est dans le Tennessee, Eli, lâcha Avannah. Tu vois une plage, quelque part ?

— Demain, on prend la bagnole, et on va se faire une virée n'importe où. J'ai besoin d'air !

Cette proposition me tentait bien, mais j'étais quasiment certain de conduire tout le trajet, car Eli détestait ça, et je n'avais pas envie de jouer le conducteur. Je n'avais plus de voiture, et celle d'Avannah se résumait à une boîte de conserve avec des roues. Elle n'en prenait définitivement pas assez soin.

— On prendra la voiture d'Eli, dit Avannah, comme si elle lisait dans mes pensées.

Il allait répliquer quand la sonnerie de l'entrée retentit à travers toute la maison. Je me levai pour ouvrir, et Eli en profita pour prendre du pop-corn à la jeune femme. Cette dernière lui frappa l'épaule et la nourriture s'étala sur le sol.

— T'es content ? fulmina-t-elle.

Quand j'ouvris la porte, Courtney se tenait sur le seuil, les cheveux attachés en une tresse et les doigts entremêlés. Elle se mit sur la pointe des pieds pour regarder derrière mon épaule.

— Excuse-moi, euh… Avannah est là ?

— Qu'est-ce que tu veux ?

La voix d'Avannah s'éleva dans mon dos. Je la laissai passer devant moi et elle se retrouva face à sa meilleure amie… ou *ancienne meilleure amie*. J'ignorais de quelle façon elles se considéraient à présent, mais les sourcils froncés d'Avannah m'indiquèrent qu'elle ne lui avait pas pardonné.

Je tournai les talons, et Avannah ferma la porte derrière elles. Je me retrouvai seul avec Eli qui observait Courtney par la fenêtre.

— Arrête ça, tu veux ? dis-je. C'est gênant.

— T'as vu cette fille ? C'est une bombe !

— Ouais, ouais…

Je me réinstallai devant la télévision et cherchai le reste du pop-corn au fond du plat. Stiles Stilinski était en train de se faire réprimander par son père quand Eli me secoua par les épaules.

— Quoi ?

— Tu n'écoutes pas ce qu'elles se disent ?

— Ça ne nous regarde pas, Eli, soupirai-je.

— Et si on lui proposait de nous accompagner, demain ? Allez, mec. Tu sais depuis combien de temps je suis célibataire ?

Je levai les yeux au ciel.

— C'est même pas sûr que ça se fasse, cette virée. Il faut une dizaine d'heures de route jusqu'à la plage la plus proche, indiquai-je. Et je sais que tu détestes conduire…

— OK, alors, pourquoi pas le lac de Barren River ? C'est à deux heures d'ici.

Je finis par m'avouer vaincu après qu'il m'eut menacé d'y aller seul en compagnie d'Avannah. Il était hors de question que je la laisse seule avec lui, empoté comme il était.

La porte se rouvrit, et les deux jeunes femmes échangèrent des hochements de tête. Pensant que la situation s'était améliorée, Eli se précipita vers elles et offrit un regard des plus aguicheurs à Courtney.

— Eh, ça te dit de venir avec nous au lac de Barren River, demain ? On partira tôt, vers sept heures du mat'.

Les yeux d'Avannah s'arrondirent. Courtney sembla, l'espace d'une seconde, embarrassée, avant de se tourner vers son amie et de déclarer :

— D'accord. Je sortirai de chez moi à sept heures tapantes.

— À demain, alors, répondit Eli en la suivant des yeux.

Quand la porte se ferma, je crus devoir m'interposer entre lui et Avannah. Les prunelles de cette dernière, habituellement si douces, parurent s'enflammer.

— T'es sérieux, Eli ? s'irrita-t-elle. Tu proposes ça alors que tu ne sais même pas ce qu'on s'est dit !

— Quelle importance ? répondit-il. Cette virée vous rapprochera.

— Tu aurais pu peut-être m'en toucher deux mots avant, tu ne crois pas ?

— Elle a accepté, en tout cas, sourit-il avec un air bienheureux.

Avannah lui jeta un des coussins du canapé, et j'éclatai de rire. Elle me lança un regard coléreux et je m'esclaffai de plus belle.

— OK, vous avez gagné… soupira-t-elle, vaincue. Mais vous vous occuperez des sandwiches.

Eli serra le poing en signe de victoire. Son comportement d'enfant m'exaspérait parfois, et je me demandais bien quelle fille aurait le courage de le supporter.

Une appréhension brutale prit possession de moi à l'idée de passer cette journée au bord de l'eau. Il y avait quelque chose que je ne voulais surtout pas dévoiler, et partir au lac signifierait devoir révéler ce secret.

Je suivis des yeux Avannah qui grimpait les escaliers. Nous n'avions pas reparlé de ce qu'il s'était passé entre nous quelques jours plus tôt et faisions comme si rien ne s'était produit. Je n'étais pas sûr de ce qu'elle ressentait. Quant à moi, j'étais complètement perdu, mais mon cœur se serrait en songeant au fait qu'elle tentait d'oublier notre baiser.

Après notre traditionnel repas du soir, Eli s'en alla. Il passait tant de temps avec nous que ses moments d'absence nous semblaient inhabituels. Alors que je débarrassais la table avec Avannah, elle se mit à rire.

— Qu'est-ce qu'il y a ? demandai-je.

— Eli n'a aucune chance avec Courtney, sourit-elle.

— Pourquoi ça ?

— Ils sont trop différents, et je ne pense pas qu'il soit vraiment son genre.

— *Les opposés s'attirent*, dit-on.

— Pour moi, c'est plutôt : *qui se ressemble s'assemble*.

Avannah avait toujours le dernier mot, et c'était aussi ce qui me plaisait chez elle.

— Est-ce que tu t'es déjà *assemblée* avec quelqu'un ? interrogeai-je brusquement.

Bordel, Jason, c'était quoi cette question ?

Elle ne parut pas s'en offusquer et ouvrit le robinet pour commencer la vaisselle.

— Pas vraiment. Je ne me suis jamais vraiment intéressée à ça, en fait.

J'opinai, soulagé.

— Je vais préparer les sandwiches.

J'attrapai un couteau et sortis quelques aliments du réfrigérateur. J'étalais le beurre avec difficulté sur la tranche de pain quand Avannah déclara :

— Je ne sais pas comment ça va se passer, demain, avec Courtney.

— Vous vous êtes réconciliées ? demandai-je.

— Pas vraiment. Elle voulait avoir des nouvelles. Apparemment, elle s'inquiétait depuis que tu es allé la voir.

J'interrompis mon geste. Le couteau que je tenais trembla légèrement. Je repris ma préparation avant qu'Avannah ne le remarque. J'avais complètement oublié de lui parler de mes conversations avec son père et Courtney.

— Ah oui ? fut la seule chose que je pus dire.

— Elle t'a raconté, pas vrai ?

— De quoi tu parles ? Elle ne m'a rien raconté du tout.

Avannah fit le tour de la table et s'appuya sur cette dernière, les yeux plongés dans mon travail. Elle esquissa un sourire peiné.

— Tu ne sais pas mentir, Jason.

— Écoute, je suis désolé, dis-je. Je lui ai demandé comment faire pour t'aider et elle a commencé à me parler de toi…

— C'est bon, ce n'est pas grave ! me coupa-t-elle. À vrai dire, j'aurais dû t'en parler depuis un bon moment déjà…

— Tu n'es pas obligée.

— Si, je le suis. C'est une partie de ma vie, et tu mérites d'être au courant.

Avannah s'assit sur une chaise et posa sa joue contre sa main. Elle ouvrit les lèvres, prête à raconter son histoire, mais elle parut ne pas savoir par où commencer. Je connaissais cette sensation mieux que personne.

— Quand je suis partie en Alabama… Les événements se sont enchaînés trop vite. On devait s'éloigner de la ville pour la santé de ma mère, et cette maison était vraiment l'idéal. Spacieuse, avec un jardin immense. Si tu l'avais vue, Jason… Elle était parfaite.

Elle commença à se triturer les ongles d'un air anxieux. De mon côté, je continuais à préparer les sandwiches comme si de rien n'était, mais je l'écoutais plus sérieusement que jamais.

— Plus le temps passait, et plus ma mère était malade, souffla Avannah. Je savais ce qui allait se passer. J'étais jeune. Je voyais mon père pleurer dans ses bras chaque jour. De mon côté, je gardais le silence. Je n'avais rien à dire, en fait. Je ne pleurais pas, je ne parlais pas, j'agissais juste. Je prenais ma mère dans mes bras pour la soutenir et lui faire comprendre que je l'aimais. Personne ne semblait remarquer mon silence.

Avannah ne me regardait pas. Elle contemplait ses ongles abîmés, comme s'ils pouvaient la délivrer d'une quelconque nostalgie.

— Elle a fini par mourir. Je n'ai même pas pleuré. En fait, j'étais complètement perdue. Je ne savais pas vraiment ce que je devais faire.

— Je comprends ça.

— Vraiment ?

Je levai les yeux un instant vers elle, avant de hocher la tête. Cette sensation avait dominé ma vie pendant des années.

— Ce n'est qu'après sa mort que mon père s'est rendu compte de mon silence, continua-t-elle. Je le faisais tellement souffrir… Il faisait tout pour me refaire parler, mais j'en étais incapable, comme si… comme si quelque chose était coincé dans ma gorge. C'est là que je l'ai entendu parler à mon oncle, une fois. Il a dit qu'il avait l'impression de vivre avec une morte qui ne faisait qu'agir, sans rien ressentir.

Je compris mieux sa réaction lorsqu'Eli avait prononcé les mêmes paroles. Il méritait des baffes, parfois.

— En fait, au fond de moi, c'était comme le néant, avoua Avannah. J'ai fini par me mettre à pleurer, pendant des jours… C'est après avoir repris contact avec Courtney que j'ai pu sortir de ce silence.

Je posai le couteau sur la table, et il tinta dans un bruit métallique. Je n'avais pas remarqué que j'avais terminé les sandwiches du lendemain. J'avais été tellement accaparé par le passé d'Avannah que j'en avais même préparé un de trop.

— Je l'admirais, continua-t-elle. Elle était comme un modèle pour moi. Son bonheur était contagieux et je me suis rapidement remise à sourire en sa présence. J'avais envie de lui ressembler et il n'y avait qu'un seul moyen pour ça : sortir de mon malheur.

J'eus le souffle coupé face au courage dont elle avait fait preuve.

— Elle est peut-être… extravagante et extravertie, et un peu trop dure envers moi, mais elle m'a aidée, déclara Avannah. Sa simple présence m'a permis de redevenir humaine. Avant ça, je n'étais qu'un robot.

— Je suis sûr que c'est faux.

Je rangeai la nourriture dans le frigidaire avant de balancer le couteau dans l'évier. Je m'appuyai au plan de travail, puis plongeai mon regard dans le sien.

— Je sais ce qu'est une personne dépourvue de toute humanité, crois-moi, annonçai-je pesamment. Et toi, tu n'en n'es pas une.

Un léger sourire apparut aux coins de ses lèvres.

— Je n'en suis pas très sûre… chuchota-t-elle.

— Fais-moi confiance. N'oublie pas que tu m'as fait entrer dans ton tourbillon d'émotions.

Son rire résonna à mes oreilles.

— C'est vrai.

— C'est donc ce qu'il s'est passé, après… l'effondrement. Ton silence.

Je n'avais pas été sûr de pouvoir poser cette question, mais je n'avais pas pu me retenir. J'avais besoin de la connaître mieux que personne.

De la décrypter.

Elle opina après une seconde d'hésitation.

— C'est ça… C'est ce qui s'est passé. Quelque chose entravait ma gorge et m'empêchait de prononcer un seul mot…

— Qu'est-ce qui a changé ça, alors ? m'enquis-je.

Les grands yeux d'Avannah brillèrent de gratitude.

— Toi.

Je fus incapable de reprendre un souffle normal après cette révélation. Je baissai le regard, les joues empourprées et brûlantes. Mes doigts s'enroulèrent entre eux.

— Tu t'es confié à moi… expliqua-t-elle. Tu m'as laissé te comprendre et, aujourd'hui, j'arrive un peu mieux à te cerner.

— Tu ne sais pourtant pas tout, confiai-je doucement.

— Rien ne presse.

Un rictus se dessina sur mon visage. Plus j'apprenais à connaître Avannah, et moins je regrettais de l'avoir rencontrée. J'avais eu peur, un jour, de devoir trop m'accrocher. Aujourd'hui, je ne demandais que ça.

— Tu es prête pour demain ?

Elle acquiesça.

— Nous n'aurons plus qu'à nous installer dans la voiture.

Je hochai la tête, cependant légèrement angoissé à l'idée de cette journée qui s'annonçait. Faire des virées entre amis, ce n'était pas mon fort. En fait, je n'en avais jamais fait.

Avannah parut constater mon trouble, car elle déclara :

— On va passer un bon moment, j'en suis sûre.

J'approuvai précipitamment et lui adressai un regard que je voulus sincère. Mais c'était bien ça, le problème.

Je n'avais jamais été sûr de rien.

*

Quand le réveil retentit, je plongeai la tête sous l'oreiller. Le sommeil était sur le point de revenir me chercher quand on frappa fortement à la porte de ma chambre.

— ALLEZ, MEC ! hurla Eli de l'autre côté.

C'est pas vrai… pensai-je. Eli était déjà arrivé, alors que nous ne devions partir que dans une demi-heure. Il devait vraiment avoir hâte de faire cette virée, surtout en compagnie de Courtney. Je me demandais de quelle façon allait se terminer cette journée qui promettait d'être très, très longue.

En sortant de la chambre, Jack me sauta dessus et bava sur mes vêtements de nuit. Je le caressai en lui ébouriffant le museau.

— Eh, tu viens ? lança Avannah en passant dans le couloir. Eli est déjà là.

Elle portait un short blanc surmonté d'un débardeur vert pastel. J'entrevis son maillot de bain jaune pétard

dessous, et fus frappé d'horreur en me souvenant que cette virée impliquait de se baigner.

Je la suivis dans les escaliers d'une démarche incertaine. Dans la cuisine, Eli s'affairait à jeter les sandwiches préparés la veille au fond d'un sac que je devinais être celui d'Avannah. Je n'étais pas sûr qu'elle soit au courant de ça.

— T'es pas encore habillé ? s'exclama mon ami en me voyant.

— On t'a jeté du lit ou quoi ?

— Je dormais plus, alors je me suis dit que je pouvais venir maintenant. Avannah était déjà réveillée.

Je haussai les sourcils tandis que cette dernière remontait les escaliers précipitamment. J'attrapai le bras d'Eli et lui demandai à l'oreille :

— On va se baigner ?

— Tu veux qu'on fasse quoi d'autre, là-bas ? Regarder les oiseaux ?

Je plissai les lèvres.

— Eli, je peux pas…

— Pourquoi ? s'étonna-t-il.

— Tu sais bien… Mon dos.

Il comprit sans que je lui en dise plus.

— C'est pas grave. Tu t'occuperas de surveiller les affaires.

Super ! Passer la journée assis sur des pierres à observer les autres s'éclater dans l'eau. Quelle sublime journée j'allais passer !

Ce qui m'inquiétait le plus, c'était l'excuse que j'allais devoir sortir à Avannah. Jamais je n'oserais lui dire la vérité. Je n'étais pas prêt à me confier sur ça.

Mais elle était intelligente, et elle aurait du mal à me croire, quoi que je lui dise.

Je finis par aller m'habiller sans conviction. Plus l'heure fatidique de partir approchait, et plus l'angoisse grandissait. Je n'aurais jamais dû accepter cette proposition de sortie et, surtout, je détestais Eli pour avoir organisé ça sans nous avoir véritablement demandé notre avis.

Je contemplai mon reflet dans le miroir pour ne remarquer qu'un visage impassible et pâle. Mes cheveux noirs bouclaient sur mon front et me rappelaient qu'il était temps de les couper. Quant à mes joues, elles paraissaient plus creuses que jamais.

Qui aurait envie d'être ami avec une personne pareille ?

Avannah et Eli étaient bien les seuls à le vouloir.

En revenant dans le salon, la porte était ouverte et Courtney attendait patiemment sur le seuil, un sac entre les bras. Je lui fis un signe de la tête pour l'inviter à entrer, mais elle resta immobile et m'ignora presque.

— Eh, salut !

Eli s'approcha d'elle et s'accouda à la porte pour entamer une conversation avec elle. Il bomba le torse et mit en évidence ses bras tatoués. Je ne connaissais pas Courtney et ne savais pas si ça pouvait la séduire, mais à son visage las, je compris qu'Eli ne gagnait aucun point.

Avannah finit par arriver, son sac sur une épaule et une casquette sur la tête. Je lâchai un sourire en contemplant ses traits enfantins. Si j'y allais, c'était uniquement pour elle.

— On y va ? demanda-t-elle.

— On n'attend plus que vous ! s'exclama Eli.

Il me lança ses clés de voiture et nous sortîmes de la maison sans un mot. La porte fermée, la jeune femme finit par remarquer mon expression troublée.

— Tout va bien ? s'enquit-elle.

J'acquiesçai pour la rassurer, mais je n'aurais pas pu me sentir plus mal. La solitude me manquait plus que n'importe quoi d'autre. Que n'aurais-je donné pour m'enfermer dans ma chambre, dans un silence de plomb et une obscurité complète ?

Avannah s'arrêta à la sortie du jardin et, distrait, je faillis la percuter.

— Quoi ? demandai-je.

— C'est pas vrai…

Je suivis son regard qui fixait l'autre côté de la route. En constatant l'identité de celui qui s'avançait vers nous, mes poings se serrèrent.

Alex Kaynes s'arrêta en me voyant, et sa mâchoire se contracta. Avannah semblait dans une rage folle.

— Courtney, tu nous expliques ? s'enquit-elle d'une voix contrôlée.

— Je les ai appelés, hier. Je pensais que ce serait une bonne idée pour vous de vous revoir… Et de vous réconcilier, en quelque sorte.

— T'es sérieuse, Courtney ? s'exclama Alex. Tu nous as jamais dit qu'il y aurait Clayton !

— Il s'appelle Jason, répliqua Avannah.

La colère s'empara tant de mon être que j'ignorais si j'étais capable de me maîtriser longtemps.

— Alex… soupira Courtney en se tournant vers lui. Tu es le premier à dire que tu regrettes ce qu'il s'est passé il y a des années ! Jason et Avannah sont amis maintenant. On est tous liés, quelque part.

— Si ce gars vient, ne comptez pas sur moi pour vous accompagner, tranchai-je.

— Allez, mec, lança Eli. Vous ne pouvez pas mettre le passé derrière vous ?

— Il n'y a aucune raison de s'embrouiller, déclara un gars à la peau sombre.

— Ne t'en mêle pas, Charlie, siffla Avannah.

J'avais déjà aperçu ce Charlie à plusieurs reprises. Il avait été un jour en compagnie d'Avannah au supermarché, et c'est lui qui avait retenu Nathan lors de la soirée de Courtney.

Je ne le connaissais pas, mais la façon qu'il avait de poser son regard sur Avannah ne me plaisait pas.

À ses côtés, une fille rousse posa sa main sur le bras d'Alex.

— On peut profiter de cette virée pour repartir à zéro, vous ne croyez pas ? Ça nous fera du bien à tous.

— Alice…

Avannah croisa les bras sur sa poitrine et lâcha un soupir affligé.

— Ce n'est pas si facile.

— Bien sûr que si, Ava, intervint Courtney. Allez, venez, Jason et toi. Je suis sûre qu'on s'amusera bien. Il n'y a aucune raison que ça se passe mal, si tout le monde y met du sien.

Elle lança un regard explicite à Alex qui détourna les yeux.

Je ne parvins pas à prononcer une parole. J'observai ce jeune homme qui avait brisé mon adolescence sans savoir quoi dire.

La moue de Courtney finit par attendrir le cœur d'Avannah, et elle se tourna vers moi avec un regard désolé. Ses doigts trouvèrent les miens discrètement, sans que personne ne le remarque, et l'éclat de ses prunelles réussit à me convaincre.

— Ne me forcez à rien, lançai-je en me dirigeant vers la voiture. Ne m'adressez même pas la parole. Si je viens, ce n'est pas pour vous faire plaisir.

Je m'affalai derrière le volant et mis le contact. Le moteur gronda tandis qu'Avannah s'installait à mes côtés et Eli derrière.

D'un geste fort et haineux, je frappai le volant avec mon poing, ce qui fit sursauter la jeune femme.

— Mec… commença Eli.

— La ferme, Eli. T'es vraiment un gros con, tu le sais, ça ?

La colère embrumait mes pensées. Les dents serrées, je passai la vitesse et pris la route. La voiture d'Eli tressautait sous moi.

— Je ne t'ai pas forcé, Jason, répondit Eli. N'exagère pas.

— Bien sûr que si ! Tu peux être vraiment insupportable ! Tout ça pour une meuf, en plus ! Ça aurait été mille fois mieux si tu n'avais pas invité Courtney. Elle n'aurait pas ramené sa petite bande.

— Tu n'étais pas obligé de venir !

— C'était censé être notre projet à tous les trois, tu te souviens ?

— Stop ! coupa Avannah. C'est ma faute, d'accord ? Ne prends pas Eli pour le bouc émissaire.

— Laissez-moi tranquille, tous les deux.

Le silence plana durant un long moment. Les regards que me jetait Avannah de temps en temps ne simplifiaient pas les choses. J'avais besoin de me calmer, de me dire que la voiture que j'observais dans le rétroviseur n'était pas conduite par mon ancien harceleur.

Je détestais Alex Kaynes presque autant que mon propre père. Il m'avait détruit à une époque où les cicatrices se formaient encore. Aujourd'hui, le revoir les faisait se rouvrir, et que n'aurais-je donné pour lui assener mon poing dans la figure ! Peut-être que ça me

permettrait de faire taire les démons qui réapparaissaient dans mon cœur.

Mes doigts restèrent serrés sur le volant tout le trajet, incapable que j'étais de me décontracter. Avannah mit la radio, et cela me calma légèrement, mais je ne pouvais pas m'empêcher de penser à la journée qui s'annonçait.

Il était impossible qu'elle se termine bien.

Le voyage passa trop vite à mon goût. En prenant la route menant au lac de Barren River, l'appréhension grimpa encore un peu plus en moi. Eli m'indiqua jusqu'où rouler et m'ordonna de m'arrêter sur le bord de la route, face à l'immense étendue d'eau. L'endroit était paisible, je ne pouvais le nier, entouré de grands arbres verdoyants et recouvert d'une herbe parfaitement coupée.

La surface de l'eau était tranquille. En sortant de la voiture, Avannah inspira une grande bouffée d'oxygène en fermant les yeux.

— Ça me fait penser à l'Alabama.

Son visage semblait plus serein qu'à n'importe quel moment depuis que je l'avais revue. Un sourire éclaira ses traits et quand Courtney l'interpella pour la rejoindre, elle n'hésita pas une seconde et courut à sa rencontre.

C'est en la contemplant en compagnie de sa meilleure amie que je me rendis compte à quel point elle avait dû se sentir seule sans elle. Courtney lui avait manqué plus que je ne l'avais imaginé, et ma simple présence n'avait sans doute pas permis de combler ce manque.

Mais comment pouvait-elle lui pardonner si facilement ?

Eli m'intima de le rejoindre, et je claquai la portière derrière moi. Je n'étais jamais venu ici. Peut-être aurais-je dû. Ce lieu était si silencieux et calme que même mes pensées noires n'auraient su prendre le dessus.

Je rejoignis mon ami, les mains au fond des poches. Alex Kaynes était déjà sorti de la voiture et se dirigeait vers le lac en attrapant Courtney au passage. Il la jeta entièrement habillée dans l'eau et tous se mirent à rire.

Eli les rejoignit sans aucune timidité. Je m'adossai à un arbre et me laissai glisser le long de son tronc pour finir assis dans l'herbe. J'aurais tellement pu profiter de ce moment s'il n'avait pas été envahi par la bande de Courtney.

Avant de les rejoindre, Avannah s'arrêta à quelques pas de moi. Elle se retourna et m'observa, une moue affligée sur le visage.

— Tu ne viens pas, Jason ? demanda-t-elle.

Je me contentai de secouer la tête, les bras posés sur mes genoux. Peut-être que s'il n'y avait eu qu'Avannah et moi, je l'aurais rejointe. Peut-être que je me serais dévoilé à elle.

— Tu es sûr ?

J'acquiesçai, incapable de prononcer un mot tant la peine me rongeait. Ses prunelles se firent tristes et elle s'approcha de moi d'un pas incertain.

— Je vais rester avec toi, déclara-t-elle.

— Non, dis-je. Surtout pas. Va les rejoindre.

Le ton de ma voix, un peu trop sec, l'incita à m'écouter et elle me tourna le dos pour partir à la rencontre de ses amis, non sans me lancer un dernier regard peiné qui me culpabilisa. Sa démarche me sembla indécise, mais cette sensation s'évapora quand elle ôta ses vêtements.

En la contemplant de loin, je ne pouvais que la trouver magnifique. Son sourire illuminait son visage euphorique et le soleil rougissait sa peau pâle. Elle tenta d'éclabousser Eli, mais cela s'avéra être un échec quand il l'attrapa par les épaules pour la couler. Un rire m'échappa.

Un rire attristé, cependant. Une impression d'étouffement me serrait la gorge et me faisait souffrir. J'aurais tellement souhaité être *normal* et pouvoir m'amuser comme ils le faisaient tous. J'aurais aimé avoir grandi sans peur, sans blessures, sans toutes ces choses qui m'empêchaient d'être celui que j'aurais dû être.

Je me frottai le visage. Mes pensées se mélangeaient entre elles et menaçaient de m'engloutir dans leur océan de noirceur. En fermant les paupières, je ne discernai que des cris et des gémissements de douleur. J'entendis les hurlements de ma mère et j'aperçus les traits de mon père. Le petit garçon sous la pluie se dessina dans mes songes, et le silence d'Avannah m'assourdit le crâne.

Ces sensations, ces souffrances… Je ne les avais plus ressenties depuis qu'elle avait fait irruption dans ma vie. Les cauchemars que j'avais pu faire s'étaient apaisés, tout comme les pensées trop sombres et déchirantes qui avaient de nombreuses fois menacé de me détruire. Avec elle, mon tourbillon d'émotions ralentissait pour, parfois, s'arrêter totalement.

Mais quand je ressassais le passé, elles revenaient et m'attiraient dans ce déluge de malheurs. Mon tourbillon s'accélérait et prenait de l'ampleur jusqu'à faire entrer les cauchemars et les démons dans mon esprit.

Je ne pouvais pas m'attacher à Avannah, car cela impliquait de me livrer à elle et de me confier. À chaque nouvelle confession, la douleur revenait et m'étouffait pour m'empêcher de respirer. Et sans le vouloir, j'allais finir par attirer Avannah avec moi.

Les événements s'enchaînaient trop vite.

Je levai les yeux pour l'observer. Le dénommé Charlie l'attrapa par la taille pour la jeter plus loin dans l'eau. Sans que je sache pourquoi, un immense sourire éclaira son visage et ils s'esclaffèrent ensemble.

Était-il si difficile de rire avec moi ?

Je serrai les poings, brusquement irrité face au comportement d'Avannah. Comment pouvait-elle leur pardonner si rapidement ? Que lui avait donc dit Courtney pour qu'elle plonge dans leurs bras comme s'ils étaient amis depuis l'enfance ?

Eli se dirigea vers moi, trempé jusqu'aux os. Il attrapa une serviette et entreprit de se sécher grossièrement.

— Qu'est-ce qu'il a, lui, avec Avannah ? lançai-je sèchement.

— Charlie ? Pas grand-chose. Ils s'amusent juste.

Il s'installa à mes côtés.

— Tu ne restes pas avec eux ? demandai-je.

— Courtney est beaucoup trop extravagante. Pas du tout mon style.

Je me retins de répliquer, exaspéré par son comportement. Les autres riaient aux éclats comme s'ils étaient seuls au monde. Alex Kaynes paraissait encore plus insupportable que dans mon souvenir.

Avannah s'était éloignée en nageant, sans doute pour profiter un peu du calme de la nature. Je commençais à la connaître, et je savais à quel point elle pouvait aimer cet apaisement. Je me souvins de notre nuit sous les étoiles.

Je n'avais d'ailleurs contemplé que son visage.

J'aperçus Charlie s'approcher d'elle discrètement et l'atteindre. Côte à côte, ils échangèrent des paroles que je ne pus discerner. Une sensation indescriptible naquit dans ma poitrine. L'envie de les rejoindre pour les séparer me traversa l'esprit, mais cela m'était impossible.

— Arrête de le regarder comme ça, m'intima Eli.

— Quoi ?

— Charlie. On dirait que tu vas lui sauter dessus d'un moment à l'autre. Tu n'arrêtes pas d'observer Kaynes, aussi. Les autres vont s'en rendre compte.

— Ils méritent bien pire qu'un simple regard, tu peux me croire.

— Je n'en ai rien à faire, Jason. Essaie juste de te maîtriser.

L'heure du déjeuner approchait rapidement et ils sortirent tous de l'eau. Après s'être séchée, Avannah renfila ses vêtements, tandis que Courtney n'hésitait pas à exposer son corps parfait au soleil. La dénommée Alice s'enroula dans une serviette et s'installa près de nous.

— Jason ? Tu peux m'appeler Alice, annonça-t-elle.

J'approuvai sans un mot. Je n'avais aucune envie de faire la conversation. Mon souhait le plus cher était de reprendre la voiture pour m'éclipser le plus vite possible d'ici, et m'éloigner d'Alex Kaynes.

Courtney sortit des sandwiches et des salades préparées de son immense sac et les tendit à Alex, Charlie et Alice. Avannah interpella Eli.

— Où as-tu mis les nôtres ?

— C'est toi qui les as rangés, Ava.

— Pas du tout ! Tu t'en es occupé ce matin, Eli.

— Ils sont dans ton sac, Échi.

À l'instant où je prononçai ces paroles, Alex se pencha à l'oreille de Charlie pour lui dire quelque chose à voix basse. Je n'entendis pas. Ce dernier n'eut aucune réaction, tandis que Kaynes pouffait seul dans son coin.

Mon regard noir en disait long. Eli me toucha l'épaule pour m'empêcher de me jeter sur lui. J'étais certain qu'Alex parlait de moi, comme il avait passé son adolescence à le faire.

Je me souvenais du lycée comme si c'était hier. Les élèves n'arrêtaient pas de m'examiner sous toutes les coutures après avoir entendu les rumeurs que Kaynes propageait à mon sujet. Des rumeurs entièrement fausses, mais qui m'avaient fait passer pour le dingue du bahut.

Avannah me tendit mon sandwich que je posai sur le côté. Mon mal de ventre n'était pas dû à la faim, mais plutôt à l'irritation que je ressentais face à Kaynes et à celui qui draguait ouvertement Avannah.

Ma mâchoire se contracta et je fus dans l'impossibilité de contrôler mon regard, qui se posa avec froideur sur Alex.

— Tu devrais manger, Jason, pria Avannah. Tu n'as pas pris de petit déjeuner.

— Je ne crois pas que Clayton ait besoin que tu joues la mère poule, Avannah, osa dire Alex. Il est assez grand pour s'occuper de lui.

— C'est vrai, répondis-je avec dureté. Tout comme je n'ai pas besoin de quiconque pour savoir que tu n'es qu'un énorme connard, Kaynes.

Eli m'attrapa le bras, mais, pourtant, je n'esquissai pas un seul geste. Je me contentai d'examiner le blond qui se trouvait face à moi. Ses dents se serrèrent. Il semblait prêt à me sauter dessus d'une seconde à l'autre.

— OK, tout va bien, lâcha Courtney d'une voix tremblante. Alice ? Comment ça va, ces derniers temps ?

— Je pense qu'on devrait plutôt s'intéresser à Jason, vous ne croyez pas ? décida Kaynes. Pour mieux le connaître. Alors Clayton ? Qu'est-ce que tu as à nous raconter ?

— Rien du tout. Et surtout pas à vous.

Les yeux d'Alex trahissaient un sentiment indéfinissable. En revanche, son sourire narquois était tout à fait interprétable. Il avait quelque chose derrière la tête et comptait bien faire durer les choses pour me l'assener comme un grand coup dans la figure.

201

— Peut-être que tu pourras répondre à nos questions, alors. Qu'est-ce que tu faisais tous les soirs, devant le lycée, à attendre un bus que tu ne prenais jamais ?

Ma gorge se noua, mais je ne montrai rien de mon trouble. Kaynes voulait m'atteindre en plein cœur, mais il ne m'aurait pas. Pas cette fois.

— Je ne vois pas en quoi ça te regarde, répliquai-je. On a tous des secrets, pas vrai ?

Ma question le prit de court. Je connaissais Alex Kaynes plus qu'il ne l'aurait voulu, et j'étais capable de lui faire autant de mal que ce qu'il me faisait subir. Après tout, il le méritait.

Ses yeux s'arrondirent et ses doigts se serrèrent autour de son sandwich. Personne d'autre n'osa prononcer un mot. C'était comme si nous étions seuls, enfin prêts à faire souffrir l'autre une bonne fois pour toutes.

Et j'avais de très bons arguments pour y parvenir.

— On parlait de toi, Clayton, et…

— Mais pourquoi ne parle-t-on pas un peu de toi, Kaynes ? rétorquai-je. Qu'est-ce qui nous en empêche ?

Ses traits se crispèrent.

— J'ignorais que tu pouvais émettre tant de mots à la minute, Clayton. C'était quoi déjà, ton problème au lycée ? Quelle était la raison de ta solitude ? La raison du pourquoi tu ne parlais à personne ?

À mes côtés, le souffle d'Avannah se coupa.

— La raison du pourquoi tu ne prenais jamais ce bus ?

Il sait.

Alex Kaynes était au courant de mon plus grand secret. Mon ennemi, mon harceleur scolaire. Celui qui avait pris part à la destruction de ma vie.

Ma lèvre inférieure se mit à trembler, et il le remarqua. J'ignorais de quelle façon il pouvait être au courant du pire événement qui s'était déroulé dans ma vie, mais il allait s'en servir contre moi.

Il allait me détruire une seconde fois.

— On devrait parler d'autre chose, déclara Courtney d'une voix forte. Ça ne sert à rien de débattre sur…

— Je suis entièrement d'accord, coupa Eli tandis qu'Avannah observait la scène sans rien dire, totalement perdue.

— Il y a des choses qu'on ne choisit pas, et tu le sais très bien, dis-je en ignorant les paroles de la jeune femme.

— C'est certain. On ne choisit pas sa famille, après tout.

Mes pensées se noircirent. Si Avannah n'avait pas été à côté de moi, j'aurais déjà entouré le cou de Kaynes de mes mains.

— Mais tu ne peux pas nier qu'on peut avoir des traits de leur personnalité…

Ma respiration s'accéléra. Je n'étais pas prêt. Je n'étais pas prêt à faire face à mon passé.

Les pulsations dans ma poitrine allaient bien trop vite pour que je tienne le rythme. Eli, près de moi, se raidit face aux paroles d'Alex.

— Tu devrais apprendre à te taire, blâma mon ami.

— Tu es au courant, bien sûr, continua Kaynes avec un sourire aux lèvres. Est-ce que tout le monde est au courant, ici ?

— Au courant de quoi ?

La voix fragile d'Avannah s'éleva, et je fermai les paupières. Je ne voulais pas qu'elle sache.

Mais c'était déjà trop tard.

— Tu n'as rien dit à ta petite *Échi*, Clayton ? Pourquoi ? Tu as peur de sa réaction, peut-être ?

Je me levai sans prévenir. Le surnom d'Avannah sorti d'entre ses lèvres de serpent parut enfin me réveiller.

Kaynes se mit à son tour debout, l'air bienheureux. J'étais à deux doigts de lui coller mon poing dans la figure.

— Tu devrais lui dire, Jason, susurra-t-il à mon oreille. Avant que je ne le fasse à ta place, et qu'elle ne le prenne mal.

— Et Lucie ? Comment se porte-t-elle, depuis tout ce temps ? questionnai-je en haussant les sourcils.

La colère prenait le dessus sur tout, à présent. J'étais prêt à lui faire le plus de mal possible pour qu'il se rende compte de ce que je vivais chaque jour depuis qu'il avait osé me harceler. Les visages de Courtney et d'Alice pâlirent, et cette dernière s'interposa entre nous deux.

— Arrêtez ça, maintenant, ordonna Alice.

Les lèvres d'Alex se plissèrent. Charlie se leva à son tour et posa sa main sur le bras de son ami, prêt à le retenir si la situation venait à déraper.

— Je t'interdis de prononcer le nom de…

— Lucie ?

— Ça suffit, s'interposa Courtney. Ressasser le passé ne sert à rien.

— Dis ça à ton abruti de pote, répliquai-je. Il n'a pas l'air de comprendre.

Je tournai les talons et m'éloignai, les mains dans les poches, avant que tout ne s'aggrave. Je me sentais assez rationnel pour ne pas craquer, mais si Kaynes en rajoutait, j'ignorais comment j'allais réagir.

J'avais deux options : me jeter sur lui et laisser exploser ma colère, ou sombrer.

La deuxième était la plus dangereuse.

— Tu ne devrais pas faire le malin, Clayton, lança Alex dans mon dos. Le sang de ton père coule dans tes veines.

Ma respiration s'arrêta.

Je me retournai lentement, les jambes flageolantes. Toute haine disparut. Un trou béant apparut dans ma poitrine et déchiqueta mon être. Cette même sensation de vide reprit place en moi pour, cette fois, ne jamais s'effacer.

Les prunelles brillantes d'Avannah me contemplaient avec peine et incrédulité. Peut-être était-ce de la pitié, mais le sentiment qu'elle dégageait était pire que n'importe quelle parole sortie de la bouche de Kaynes.

Sa souffrance agrandissait la mienne.

En m'observant, Eli fut envahi d'une rage immense. Il se tourna vers Alex et lui assena son poing en pleine face. Kaynes perdit l'équilibre et chuta lourdement sur le dos, les mains sur son visage dégoulinant de sang.

— Ça t'apprendra à faire souffrir les gens, connard, lança Eli froidement.

Avannah, choquée, ne savait plus quoi penser. Elle regardait tantôt Alex, tantôt Eli, puis son regard finit par se poser sur moi.

— Jason… ? s'enquit-elle, manifestement perdue.

— On se barre, Jason, déclara mon ami en se dirigeant vers sa voiture. Tu viens, toi ?

La jeune femme n'osa pas bouger d'un millimètre, complètement égarée dans son tourbillon de pensées. Elle semblait hésitante. Sa meilleure amie, postée aux côtés d'Alex, l'interpella pour les aider et lui fit perdre pied.

Cette seconde d'incertitude me brisa un peu plus.

Je la contemplai un instant, plus déçu que jamais. Celle à qui j'avais ouvert ma porte, cette personne qui paraissait me comprendre mieux que les autres et qui m'aidait à tenir le coup paraissait en proie au choix le plus difficile de sa vie.

Je n'aurais pas hésité, pour elle.

Je lui tournai le dos, la gorge serrée, prêt à m'effondrer d'une seconde à l'autre. Les souvenirs de mon père cognaient contre les parois de mon crâne, menaçaient de m'engloutir et se mélangeaient aux frappes de Kaynes et aux insultes du lycée.

— Jason !

La voix d'Avannah parut les calmer un court moment. En la contemplant, je constatai que ses prunelles étaient remplies de larmes de détresse.

— Dis-moi ce qu'il se passe… supplia-t-elle.

— Tu viens, ou pas ?

Ces simples paroles me demandèrent un effort considérable. Je commençais à comprendre les silences d'Avannah, à présent. Se taire était tellement plus simple.

S'écrouler était tellement plus simple.

— Ex… explique-moi, avant ! me pria-t-elle encore.

Je secouai la tête, incapable de poser des mots sur ça. Je n'étais pas prêt. Je ne l'avais jamais été, et maintenant qu'elle me le demandait, je me rendis compte que je ne le serais jamais.

— Tu rentreras avec les autres, Avannah, formula Eli, aussi déçu que moi.

Mon meilleur ami récupéra ses clés et je m'installai lourdement sur le siège passager. Il s'installa derrière le volant et mit le contact. Le rugissement du moteur ne fut qu'un bruit de plus dans mon tourbillon.

Par la vitre, Avannah me contemplait. Elle frappa contre la fenêtre en criant mon nom. Ses cheveux trempés dégoulinaient sur son t-shirt. Son visage était baigné de larmes. La voiture se mit en mouvement et nous passâmes devant elle. C'était comme revoir un souvenir d'enfance.

Avannah finit par rétrécir jusqu'à disparaître.

« La mélancolie se lève chaque matin une minute avant moi. Elle est comme quelqu'un qui me fait de l'ombre, debout entre le jour et moi. »
Christian Bobin

Il n'existait plus rien à part l'obscurité.

C'était comme vivre sans discerner les couleurs. La joie n'existait plus. Mon monde était peuplé de cris, de gris et de violence. Mes pensées se fondaient entre elles et s'emmêlaient. Je ne distinguais plus le passé du présent.

Il allait m'avaler, me bouffer, me dévorer pour ne laisser que la partie sombre de mon être.

En me déposant devant chez moi, Eli voulut rester à mes côtés. Je lui ordonnai de s'en aller et de me laisser seul. J'avais atrocement besoin de m'enfermer dans ma solitude pour tenter de chasser mes cauchemars. Pour m'apaiser.

Il partit, sans que je puisse lui avouer à quel point je l'aimais. J'aurais souhaité lui faire part de ce que je ressentais à son égard. Même si son comportement

m'agaçait parfois, il était mon seul ami. Je ne pourrais jamais assez le remercier pour ça.

Sans lui, je n'aurais déjà plus été là.

Quand j'entrai, Jack me sauta dessus, et j'éclatai en sanglots. Je me laissai glisser contre la porte close et laissai les émotions me submerger. Mon hurlement fracassa le silence de la maison. Jack partit se dissimuler derrière le canapé, effrayé par mon cri. Mes plaintes étaient si affligeantes que j'en fus moi-même terrorisé. Était-ce humain de ressentir tant de choses à la fois ? Pouvait-on réellement y survivre ?

Le mal que je ressentais au creux de ma poitrine était si immense qu'il en était indescriptible. Je réussis à me diriger vers l'évier de la cuisine, sans savoir d'où je tenais une telle force. Je serais resté contre la porte si une subite envie de vomir ne m'avait pas saisi. Je régurgitai un repas que je n'avais pas avalé et ma gorge me brûla.

Le jour où j'avais perdu ma mère, mon monde s'était effondré. Durant des années, elle avait été la seule à me comprendre, car ses sentiments et les miens avaient été semblables. Sa voix apaisait mes nuits. Sa musique soulageait mes pensées. Sa tendresse m'empêchait de sombrer.

Elle était partie pour de bon. Cette fois-là, les coups avaient été trop forts, et elle n'avait pas tenu… Les années de souffrance que nous avions vécues n'étaient rien comparées à la solitude qui s'abattit alors sur mes épaules.

Mais, d'une certaine façon, son départ avait été un soulagement. Elle ne souffrirait plus. Elle pourrait enfin vivre dans un monde où la douleur n'existait pas. Mon père ne pourrait plus l'atteindre, là-bas.

J'avais seize ans quand ma mère perdit la vie et que mon père répondit de ses crimes. Malgré le deuil, mon existence s'apaisa. Je n'avais plus à passer le plus clair de mon temps à l'extérieur pour ne pas croiser le regard de mon père. Voilà pourquoi je n'étais jamais rentré directement après les cours. Pourquoi je n'avais jamais pris ces bus.

La famille qui m'avait accueilli après la mort de ma mère avait affirmé que j'étais atteint de dépression. Pour eux, il était impensable d'élever un adolescent en proie à l'obscurité. Les rendez-vous pris chez le psychologue n'avaient été qu'une succession d'échecs, et j'avais fini par changer de foyer. Encore et encore, jusqu'à ce que j'atteigne l'âge de dix-huit ans et puisse vivre seul.

Assis sur le sol contre le plan de travail de la cuisine, j'avais une vue complète sur l'intérieur de la maison. Sur la droite, je pouvais observer mon père fracasser le crâne de ma mère contre son piano. Au fond du salon, je percevais encore la flaque de sang qui avait maculé le tapis.

Des images qui, au fil des années, ne s'étaient pas effacées. Des hurlements de douleur que je distinguais en fermant les paupières. Une souffrance au thorax que je ressentais constamment.

Aucune blessure ne disparaissait entièrement. Dans mon cas, elles s'amplifiaient.

J'avais arrêté de pleurer, mais je ne possédais pas la force suffisante pour sécher mes larmes. La porte d'entrée émit un léger claquement, et elle s'ouvrit avec une délicatesse infinie. Les doigts dans mes cheveux, je ne levai pas les yeux. Les pas discrets d'Avannah étaient reconnaissables entre tous.

Elle ne prononça pas un mot et me contempla de toute sa hauteur pendant de longues secondes. C'était la première fois que je me montrais si fragile en sa présence.

Je m'étais toujours efforcé de ne pas paraître faible face à elle, car je savais qu'elle en avait bavé, elle aussi. Mais je devais me faire une raison : on ne pouvait pas se montrer continuellement fort.

Avannah s'approcha de moi et se laissa glisser le long du meuble. Son épaule toucha la mienne. Son mutisme était le plus paisible que j'avais pu entendre jusqu'ici. Il y avait, en ce monde, ces personnes qui pouvaient comprendre les silences mieux que quiconque. Avannah en faisait partie.

Je lâchai un soupir affligé et posai mon crâne contre le meuble. Elle attrapa ma main et entremêla ses doigts aux miens. Sa peau dégageait une chaleur réconfortante. Avannah resta là, sans bouger, à caresser ma paume d'un geste tendre.

Sa présence me fit du bien. Malgré la déception que j'avais ressentie à son égard, elle calma les souvenirs trop étouffants et je me laissai faire. Cependant, elle ne parvint pas à les effacer entièrement.

J'aurais dû lui raconter mon passé. Elle méritait de connaître la raison de mon état, mais je ne voulais surtout pas apercevoir une once de pitié sur ses traits. J'aurais aimé qu'elle me voie comme une personne forte et sans cicatrices, et non comme un gamin brisé.

Avannah se tourna vers moi, doucement. Je sentis son regard parcourir entièrement mon visage. Elle détailla mon être, fouilla mon âme pour trouver, peut-être, le moyen de recoller les morceaux.

Dans quel état devais-je être, avec mes joues larmoyantes et mes yeux rouges ?

Un homme ne doit pas pleurer, Jason. Ne pleure pas, j'ai dit !

Je pouvais entendre les paroles de mon père comme s'il se trouvait à mes côtés. Des paroles qu'il m'avait

répétées à de nombreuses reprises. Des paroles que je n'avais jamais écoutées, mais qui, pourtant, s'étaient ancrées en moi.

Les doigts fins d'Avannah touchèrent ma joue et essuyèrent mes larmes. Je frémis à son contact. Rien, depuis la perte de ma mère, ne m'avait paru si doux. Enfin, je décidai de poser mes prunelles sur elle. Sa peau d'une pâleur rare était envahie par les pleurs et pourtant, elle ne sanglotait pas. Elle se contentait de se laisser aller dans un silence étourdissant.

Elle me parut si belle, à peine éclairée par les lumières extérieures. Ses cheveux emmêlés ondulaient avec finesse sur ses épaules. Quant à ses yeux peinés et étoilés, ils dégageaient une envie irrésistible. La tristesse n'avait jamais été si attirante.

Sa main, posée sur ma joue, descendit sur ma nuque avec grâce. Avannah se rapprocha. Mon regard rivé à ses lèvres, je constatai que les démons s'étaient enfin tus. Je n'avais plus aucune raison de résister à l'appel de la jeune femme.

Il était impossible d'esquisser un geste plus délicat que le baiser d'Avannah Hatcher. Et pourtant, son contact fit s'emballer mon cœur. Mes doigts se posèrent sur son épaule et je me rapprochai un peu plus d'elle.

Je tenterai de mettre un peu de silence dans ton tourbillon et, à deux, on essaiera d'y mettre un peu de lumière.

C'était ce qu'elle avait dit. J'aurais pu m'en souvenir n'importe où. À présent que ses lèvres étaient posées sur les miennes, les cris avaient disparu. Je ne percevais ni les hurlements de ma mère ni la colère de mon père. Je ne distinguais que la chaleur du baiser d'Avannah.

Seulement, la lumière n'apparaissait pas.

Je la cherchai au plus profond de moi, mais elle semblait inexistante. Partout où j'allais, il n'y avait que l'obscurité la plus noire. Aucune once de clarté ne voulait se faufiler dans mon esprit.

Jamais rien n'était parvenu à me faire remonter à la surface. Et même si Avannah asphyxiait mes pensées, elle était incapable d'y faire apparaître de la lumière.

Il n'existait plus rien à part l'obscurité.

Savannah

« Et c'est parfois dans un regard, dans un sourire,
que sont cachés les mots qu'on n'a jamais su dire. »
Yves Duteil

Jason était irréparable.

Pourtant, jamais je n'avais jamais connu quelqu'un de plus fort que lui. Durant des semaines, il m'avait dissimulé la vérité, mais je ne lui en voulais pas. Je savais parfaitement ce qu'on ressentait face à nos plus grandes peurs.

Je l'avais vécu, moi aussi, mais ce n'était rien face à ce que Jason avait enduré pendant des années.

Personne ne méritait de souffrir autant.

Quand j'avais aperçu son visage crispé par la douleur, mon souffle s'était coupé. Je ne l'avais jamais vu pleurer. En revanche, j'avais déjà constaté cette affliction sur ses traits. Il arborait la même sur la photo de classe de Courtney.

Je l'avais embrassé, car j'en mourais d'envie. Depuis la dernière fois, je n'avais eu que cette pensée : pouvoir me lier à lui. Et c'était dans la plus grande souffrance que j'avais osé réitérer l'expérience.

213

Je n'avais pas trouvé de meilleur moyen pour entrer dans son tourbillon d'émotions et, en y pénétrant, je fus effrayée. Par ce simple contact, j'avais ressenti des émotions pires que l'agonie. Je me demandais encore comment Jason survivait en ressentant tant de choses à la fois.

Il s'était endormi sur mon épaule quand j'avais décidé de le mener jusqu'à sa chambre. En le relevant, j'avais cru, un instant, qu'il s'écroulerait. Mais il avait tenu bon, comme le Jason Clayton que je connaissais.

Sans un mot, il avait ôté son t-shirt avant de tomber sur son lit, et c'est là que je les avais vues.

Les cicatrices marbraient son dos. Je fus frappée par une horreur indicible en les examinant une à une ; certaines étaient plus profondes que d'autres. Elles apparaissaient sur toute la largeur de son torse.

Brisé physiquement, brisé mentalement.

J'avais passé la nuit près de lui, car je ne pouvais pas me résoudre à le laisser seul. Il avait serré ma main pendant des heures et ne l'avait pas une seule fois lâchée. Parfois, des cauchemars l'avaient assailli. Ses gémissements m'avaient contrainte à le réveiller.

Je n'avais pas dormi de la nuit, engloutie par des pensées plus tristes les unes que les autres. Après son départ, au lac, j'avais appris que Lucie avait été la meilleure amie d'Alex pendant des années, avant qu'elle ne meure noyée dans un accident de surf. Charlie m'avait ensuite confié ce qu'avait découvert Alex sur le passé de Jason. J'avais donc appris que son père l'avait battu pendant des années, et que sa mère n'avait pas survécu aux coups de son mari.

À présent, je savais pourquoi il n'était jamais monté dans ce bus.

Il y avait, en Jason Clayton, une force incomparable. Malgré ce qu'il avait vécu, il avait trouvé le courage de se lever le matin pour vivre. J'ignorais comment il avait survécu toutes ces années. À sa place, j'aurais déjà abandonné à maintes reprises.

Je voulais le sauver. Seulement, je ne savais pas si c'était humainement possible.

Le lendemain matin, malgré la fatigue qui me faisait fermer les paupières, je me levai pour préparer le petit déjeuner. Dans la cuisine, je fis chauffer une poêle pour confectionner des œufs brouillés ; je savais que Jason adorait ça. Je dénichai des oranges au fond du frigo et, tout en buvant trois tasses de café d'affilée, je les pressai pour en faire un jus.

Jason finit par se réveiller et descendre les escaliers d'une démarche incertaine. Les yeux gonflés, il s'affala sur une chaise.

— Regarde ce que je t'ai préparé ! m'exclamai-je en lui adressant un sourire.

J'espérais que Jason le croirait sincère. Je n'avais jamais été très douée pour démontrer un bonheur qui n'était pas vraiment réel.

Je lui tendis l'assiette qu'il accepta avec un hochement de tête. Il y planta sa fourchette d'un air las. Je devinai qu'il n'avait pas beaucoup d'appétit.

C'était à peine s'il daignait lever les yeux vers moi. Je lui fis la conversation, en lui apprenant que mon père m'avait appelée hier, durant le trajet du retour, pour m'expliquer qu'il avait rencontré quelqu'un. Je m'étais sentie légèrement étrange quand il m'avait annoncé ça, mais je savais que c'était tout ce dont mon père avait besoin.

Jason lâcha des *mmh* inattentifs pour toute réponse, et je ne fis aucune remarque. Après avoir fini son

215

assiette, il s'installa devant la télévision et enclencha un énième épisode de *Teen Wolf* sans réellement le regarder. Je m'installai près de lui et lui jetai des coups d'œil distraits.

Même aux répliques de Stiles Stilinski, il ne souriait pas.

Je pris mon téléphone dans ma poche et cherchai le nom d'Eli dans mes contacts. Je ne lui avais jamais envoyé de message, mais je devais avouer être complètement perdue. J'ignorais de quelle façon je pouvais aider Jason.

— Tu vas partir ? lança-t-il tout à coup.

Je haussai les sourcils, stupéfaite par cette question. Il observait l'écran de la télévision.

— Pourquoi est-ce que je partirais ? demandai-je.

— Pour aller vivre avec Courtney.

Je secouai la tête. Je ne prévoyais pas de retourner dans mon ancienne maison. Je ne comptais pas l'abandonner.

— Bien sûr que non, répondis-je.

— Tu devrais, formula Jason d'une voix morte.

— Et pourquoi ça ? Je ne vais pas te laisser tomber.

— Je suis malade, Avannah. Et tu vas l'être aussi si tu restes avec moi.

Mes mains se mirent à trembler. *Malade ?*

— Cesse de dire des bêtises, Jason Clayton, rétorquai-je. Tu n'es pas malade. Tu traverses juste une mauvaise passe dont tu vas te remettre.

J'avais tenté de prononcer ces paroles d'une voix assurée, mais je n'en étais moi-même pas certaine. Jason lâcha un soupir incrédule, sans dire un mot de plus.

Je rallumai l'écran de mon téléphone et inscrivis le message destiné à Eli. Mes doigts tremblaient tellement que j'avais des difficultés à écrire.

C'est Avannah. On doit aider Jason à tout prix.

Mon téléphone vibra quelques secondes plus tard et un texto d'Eli apparut sur l'écran :

J'arrive.

Le soutien de notre ami me soulagea. Je n'étais pas sûre de parvenir à épauler Jason sans lui.

Je glissai ma main dans la sienne ; il l'accueillit, mais pourtant ne la serra pas, comme si mes doigts s'entremêlaient à ceux d'un cadavre. Cette sensation était la pire que je pouvais accueillir de la part de Jason.

Eli arriva une demi-heure plus tard. Je le reçus avant qu'il n'entre, pour discuter avec lui une minute à l'extérieur. Il comprit à mon simple regard que ça n'allait pas.

— Je suis arrivée hier, Eli, si tu l'avais vu… soufflai-je. Il était assis dans la cuisine, en larmes, et son visage…

Je me remémorai ses prunelles envahies par la souffrance.

— Il s'effondre, déclarai-je. Je ne sais pas si on arrivera à l'aider…

Ma voix trahissait mon inquiétude et ma détresse. Eli posa ses mains sur mes épaules et m'adressa un sourire sincère. La veille, il m'avait appelée pour savoir comment allait Jason. J'avais reçu la leçon de ma vie sur mon comportement au lac ; pour lui, je l'avais complètement laissé tomber. Ça n'avait pas été mon intention, et les regrets m'envahissaient depuis. Il avait fini par me pardonner en écoutant ma voix tremblante et désespérée.

— On va l'aider, Avannah, je te le promets.

J'opinai, sans réelle conviction. J'avais peur que Jason n'ait déjà atteint un point de non-retour.

Eli entra dans la maison avec une bonne humeur contagieuse. J'avais du mal à me retenir de sourire en écoutant son ton enthousiaste.

— Salut, mec ! s'exclama-t-il en frappant l'épaule de Jason. Allez, éteins-moi cette télé, on va se manger une glace en ville !

— Ce sera sans moi, déclara Jason.

Eli me jeta un regard. Je plissai les lèvres.

— Tu sais depuis combien de temps j'en ai pas englouti une ? Au moins un demi-siècle. Fais-moi plaisir. Tout le monde sait que tu es le meilleur conducteur de nous trois.

Je hochai précipitamment la tête pour approuver ses mots.

— Eli déteste conduire ma voiture, mentis-je. Et je crois m'être fait mal à la jambe en plus de ça, hier.

— Vous n'avez qu'à prendre la voiture d'Eli. Il peut conduire.

Jason savait que je mentais pour le forcer à venir.

— Jason… quémandai-je. J'aimerais que tu viennes avec nous. S'il te plaît.

Il soupira plus fort que jamais, mais finit par se lever. Il monta les escaliers à pas lents pour aller s'habiller. Eli serra les dents et se dirigea vers moi.

— Je vais le tuer, ce Kaynes, cracha-t-il sèchement. C'est lui qui l'a rendu comme ça.

— Va tuer le père de Jason par la même occasion… dis-je avec dégoût.

Jason redescendit les escaliers, vêtu d'un simple t-shirt noir et d'un jean de la même couleur, pour ne pas déroger à ses habitudes. Il passa devant nous et sortit de la maison sans même nous regarder.

On le laissa conduire jusqu'au centre-ville. J'eus l'impression que ça lui changeait les idées, mais peut-être que j'avais simplement trop d'espoir. Son silence quasi permanent était insupportable. Je comprenais maintenant ce qu'avaient ressenti mes proches lors de mon mutisme.

Les rues étaient bondées. Jason m'attrapa la main, ce qui me parut étrange, mais j'accueillis ce geste comme un pas en avant. Nous déambulâmes dans les rues, écoutant les remarques d'Eli sur les goûts que proposaient les glaciers, et qui, selon lui, n'étaient pas assez diversifiés. Il choisit cependant une glace à la pistache qu'il engloutit en deux minutes à peine. J'en offris une à Jason qu'il mangea sans réelle conviction. La mienne, à la vanille, perdit de sa saveur alors que j'observais mon ami.

La matinée passa rapidement. Nous nous arrêtâmes dans une librairie et je finis par acheter le livre *Les secrets de l'échinacée du Tennessee* que j'avais remarqué lors de ma première venue ici. Jason flâna dans les rayons, les mains enfouies dans les poches, et feuilleta certains ouvrages, mais il n'acheta rien.

Plus le temps passait, et plus il était difficile d'être en présence de Jason. Son humeur maussade impactait les nôtres et, à la fin de la matinée, Eli proposa d'aller au restaurant pour se changer les idées. Il mourait d'envie de manger des fruits de mer.

Je n'aimais pas trop ça, alors je choisis une salade composée. Jason prit des lasagnes, sans enthousiasme, et il ne termina pas son assiette.

Je reconnaissais les signes de la dépression comme s'ils étaient inscrits sur ma serviette de table.

Eli lui-même perdit de sa bonne humeur. S'il n'arrivait pas à faire rire Jason, alors j'ignorais ce qui lui permettrait de remonter la pente. Peut-être simplement du temps…

Je ne pouvais pas m'empêcher de m'en vouloir, songeant que si je ne lui avais pas demandé de nous accompagner au lac de Barren River, ses démons ne seraient pas réapparus.

Eli aussi s'en voulait. Je le voyais bien à ses gestes affectueux envers Jason et à ses regards peinés.

Quand nous rentrâmes à la maison, Eli ne nous accompagna pas à l'intérieur. Il retourna à sa voiture, les clés en main, et je le suivis pour lui dire au revoir. Jason rentra avec un simple signe de la main à son attention.

— Eli… soufflai-je, au bord du désespoir. Regarde-le.

— Je sais, Avannah… murmura-t-il. Mais…

— Quoi ?

Il lâcha un soupir abattu et regarda derrière lui.

— Je connais Jason depuis des années, souffla-t-il. Il a remonté la pente de nombreuses fois, et je ne sais pas comment, mais… Il est fatigué. Tu le vois aussi bien que moi.

Bien sûr que je le voyais. *Il est fatigué de vivre,* pensai-je. Comment pouvait-on lui en vouloir ? Tout ce qu'il ressentait, tout ce qu'il avait vécu… Qui le supporterait ?

Quand le regard d'Eli se reposa sur moi, il brillait.

— Il est difficile de sauver quelqu'un qui ne veut pas être sauvé, finit-il par dire.

Le dépit tomba sur mes épaules et les larmes me vinrent aux yeux. Je les séchai rapidement avant d'acquiescer. Les traits d'Eli s'affaissèrent et il m'enlaça.

— On peut y arriver, d'accord ? On ne va pas abandonner.

Je ne répondis rien.

Il partit en me lançant un dernier signe de la main et je rentrai dans la maison. Je lançai mon sac à main sur le canapé. Jason y était allongé sur le flanc, le visage dissimulé derrière ses mains tremblantes.

— Jason ? chuchotai-je.

Sa respiration était sifflante et rapide. Je m'agenouillai près de lui et pris sa main. Ses traits étaient contractés par la douleur.

— Eh, Jason !

— Ils sont là, Ava…

— Qui est là ? Réponds-moi !

Il s'arrachait presque les cheveux. Le contempler dans un tel état de confusion me bouleversa.

— Les souvenirs…

Son père le hantait. J'en étais certaine. Il devait l'observer à chaque battement de paupières et ne pas parvenir à le chasser de sa tête.

— Jason ! Regarde-moi. Il n'est pas là, d'accord ?

Je touchai sa joue délicatement.

— Regarde-moi.

Il finit par ouvrir les yeux avec difficulté. Ses iris, d'un noir profond, reflétaient son mal-être. Jason plongea son regard dans le mien et je ne le détournai pas une seule fois.

— Tout va bien.

Il serra ma main avec force et chagrin. Son visage affligé me brisa tant le cœur que je fus incapable de savoir s'il allait tenir le coup. Ses prunelles se posèrent sur mes lèvres, et d'un mouvement incertain, il s'avança pour m'offrir un baiser.

La peine envahissait ses gestes. Il se releva légèrement et ses doigts s'enfouirent dans mes cheveux. Je lui rendis son étreinte et il m'embrassa plus passionnément. Ses mains glissèrent le long de ma nuque, de mes épaules, de mes bras. Elles tremblaient sur ma peau.

C'était un contact si profond et pourtant si mélancolique. Son simple toucher laissait ses sentiments s'infiltrer dans tout mon être. Je pouvais ressentir sa souffrance et son accablement, sa faiblesse et sa fatigue. Toutefois, quand il me porta jusqu'à l'étage, ses gestes possédaient une force que je n'aurais jamais soupçonnée.

Il me déshabilla avec douceur et envie, sans jamais abandonner mes lèvres.

Mes émotions étaient si contradictoires que j'en perdis mes moyens. D'un côté, je me forçais à être prudente avec Jason, car sa fragilité menaçait de le briser une fois de plus, mais, de l'autre, je ne souhaitais qu'une seule chose : goûter sa peau et ne plus jamais la lâcher.

Les draps tombèrent sur le sol avec délicatesse. Les doigts glacés de Jason frôlèrent chaque millimètre de mon corps, ses lèvres se posèrent au creux de mon cou tandis que mes mains s'engouffraient dans ses cheveux sombres. Un frisson nous parcourut au même moment pendant lequel je ne pus retenir mon souffle. Il m'attrapa fermement par la taille et nous fûmes plus près l'un de l'autre que nous ne l'avions jamais été. Pour la première fois de mon existence, je ressentis ce qu'était l'amour. Pas le simple amour, mais celui pour lequel vous seriez prêt à parcourir la planète entière pour le trouver.

Jason me contempla sans aucune timidité. Je touchai son visage des centaines de fois pour le graver à jamais en moi. Il n'y avait pas plus beau visage que le sien quand il semblait heureux.

Même quand l'hésitation et l'appréhension prirent possession de moi, Jason trouva le moyen de me rassurer par ses gestes et ses chuchotements. Je me laissai alors aller, persuadée que tout se passerait bien tant que je serais à ses côtés.

Nous fîmes l'amour dans la tristesse et la douleur et, pourtant, je ne m'étais jamais sentie si bien. Il caressa chaque partie de mon corps, et mes sentiments étaient si forts que je ne parvins pas à poser des mots dessus. J'aurais pu pleurer de bonheur dans cet océan de malheurs.

Cet après-midi-là, Jason Clayton me rendit unique, et pour rien au monde je ne l'aurais oublié.

« *Tout allait mal, mais tout irait bien, donc tout allait bien.* »
Philippe Lançon

L'échinacée est une plante qui a été longuement considérée comme éteinte. Cette fleur n'est plus catégorisée comme menacée depuis son achat par la Conservation de la nature et de l'État du Tennessee. Ses pétales peuvent être de différentes couleurs et entourent un disque marron de piquants. L'échinacée est également une plante médicinale qui possède des vertus contre le venin et favorise le système immunitaire durant l'hiver.

Griffonnant rapidement sur le papier froissé, je tentais de garder le livre ouvert sur mes genoux. Assise sur le canapé du salon, j'essayais de reproduire la fleur qui s'offrait à mes yeux à chaque page du bouquin *Les Secrets de l'échinacée du Tennessee*.

Derrière moi, une main tremblante dégagea mes cheveux de mon cou. Jason m'offrit un baiser sur le menton et posa ses yeux sur la double-page ouverte du recueil.

223

— *Ses pétales entourent un disque marron de piquants...* lut-il à voix haute. Des piquants... Comme toi, Avannah. Tu ne peux pas savoir à quel point tu m'as piqué.

Je lâchai un rire. Depuis plusieurs jours, Jason semblait aller mieux. Je le réveillais toujours lors de ses nuits cauchemardesques, et il lui arrivait de plonger son visage entre ses mains pour calmer son crâne rempli de souvenirs et de pensées néfastes, mais il paraissait moins malheureux.

Cependant, je m'inquiétais toujours pour lui.

— Tu es mon échinacée à moi, souffla-t-il à mon oreille.

Avec un sourire angélique, je me retournai pour poser mes lèvres sur les siennes, au goût sucré.

— Et toi, tu es... commençai-je.

— Oh non, les gars ! Pas devant moi, s'il vous plaît !

La voix d'Eli retentit dans notre dos. J'avais presque oublié qu'il s'acharnait à cuisiner. Il comptait nous préparer un repas exclusivement mexicain, et depuis deux heures, je pouvais l'observer ajouter de nombreuses épices et sauces dans différentes casseroles.

— Désolée, Eli, dis-je. T'as jamais pensé à t'inscrire sur un site de rencontre ?

— Ava... soupira-t-il. Tu sais bien que j'aurais trop de filles à mes pieds, si je faisais ça. Comment je pourrais trouver le temps de parler à chacune d'elles ?

Je m'esclaffai. Jason parut désespéré par l'humour de son ami. J'aimais beaucoup Eli, toujours là pour détendre l'atmosphère et nous faire rire.

— Il arrive, ce repas ? s'enquit Jason.

— Un peu de patience, répondit-il. Dans une demi-heure environ.

Mon téléphone vibra dans ma poche. Je posai mon dessin et le livre près de moi et regardai le nom qui s'affichait sur l'écran : Papa.

Je lançai un regard à Jason. Il acquiesça et fit un signe de tête à Eli pour lui intimer de se taire.

— Allô Papa ? lançai-je.

— *Coucou ma chérie. Comment vas-tu ?*

Sa voix était enjouée. Je discernai des rires à l'autre bout du fil.

— Tout va bien, répondis-je. Il y a quelqu'un avec toi ?

— *Euh, oui, il y a quelqu'un. À propos de ça, Ava, j'aimerais te la faire rencontrer.*

Un sourire se dessina sur mon visage.

— Bien sûr, papa. Tu m'as dit qu'elle s'appelait Isabel, c'est ça ?

— *Oui. Tu ne m'en veux pas ?*

— Pas du tout. Je suis heureuse pour toi.

Derrière moi, un bruit de verre brisé retentit. Je me retournai vivement. Jason et Eli se chamaillaient dans la cuisine.

— *Comment va Courtney ?* demanda mon père.

Je déglutis avec difficulté. Je ne lui avais pas parlé de notre dispute et de notre relation compliquée, ni de Jason d'ailleurs.

— Ça peut aller.

— Ava, tu veux de la sauce dans tes *fajitas* ? lança Eli.

— *Il y a quelqu'un d'autre avec toi ?* interrogea mon père, dubitatif.

Je fis les gros yeux à Eli et il se tordit de rire.

— Euh, ouais. Je te raconterai quand on se verra. Tu veux que je vienne quand ?

— *Mardi ? C'est dans deux jours.*

— Pas de soucis. À mardi, Papa.

— *À mardi, ma chérie.*

Je raccrochai et me dirigeai vers la cuisine en soupirant.

— Qu'est-ce que ton père voulait ? demanda Jason en attrapant des assiettes.

— Il veut me faire rencontrer sa petite-amie. J'y vais mardi, normalement.

— Mardi ?

Il fit la moue et se tourna vers l'évier pour ne pas que j'aperçoive son visage. Pendant ce temps, Eli plaçait les plats sur la table.

— Oui, dans deux jours, dis-je d'une petite voix. Tu veux m'accompagner, Jason ?

Ses mains se contractèrent et il se retourna vers moi, éberlué.

— Quoi ? Moi ? T'accompagner ?

Eli pouffa.

— Est-ce que quelqu'un d'autre s'appelle Jason, ici ?

Ce dernier lui assena une tape sur l'épaule.

— Oui, toi, souris-je. J'aimerais que tu viennes.

En fait, je ne voulais pas le laisser seul ici après ce qu'il s'était passé quelques jours auparavant, même si je savais que je pouvais compter sur Eli.

Jason se frotta la tête, gêné.

— Euh…

— Tu peux aussi rester ici, le rassurai-je en voyant son malaise. Et squatter chez Eli, pour une fois.

— Oh ouais ! s'exclama Eli. On pourrait se faire une journée jeux vidéo, et aller en boîte…

Je fronçai les sourcils.

— Je ne pensais pas à ça… rétorquai-je.

— T'inquiète pas, Échi, je ne compte pas aller en boîte, formula Jason en assenant une deuxième tape à Eli. Mais je préfère rester ici, si ça ne t'ennuie pas.

J'opinai, nullement déçue de sa réponse. J'espérais juste qu'il prendrait soin de lui pendant mon absence, et qu'Eli serait là si besoin.

Ce dernier m'adressa un sourire confiant, et je fus rassurée. En le rencontrant pour la première fois, je n'aurais jamais cru qu'Eli soit d'une si grande aide pour Jason et moi.

Il finit par partir quelques heures plus tard, après que nous eûmes terminé le repas et regardé un film à la télévision. Jason et moi, toujours main dans la main, partîmes nous coucher. Ses cauchemars me réveillèrent à maintes reprises, et je me demandais à chaque fois si, un jour, ils disparaîtraient.

— Je t'empêche de dormir, me dit-il, peiné.

— Pas du tout, répondis-je pour l'apaiser. Je suis là pour toi. Rendors-toi.

Il m'enlaça et plongea son visage dans mon cou. Son souffle me réchauffa, et nous nous rendormîmes à poings fermés.

*

— Tout va bien se passer, le rassurai-je jetant mon sac sur mon épaule.

Jason me tendit les clés de ma voiture. Des cernes violets tombaient sur ses joues et témoignaient de sa fatigue. Ses traits crispés me démontraient aussi qu'il n'aurait pas voulu que je parte.

— Envoie-moi un message quand tu seras arrivée chez ton père, m'intima-t-il. Et quand tu repartiras, aussi.

— T'en fais pas, dis-je en souriant. Je t'en enverrai un toutes les dix minutes, si tu veux.

227

Il hocha la tête et se mordit la lèvre, comme s'il souhaitait m'avouer quelque chose. Ses joues rosirent. Jason me prit alors dans ses bras sans me prévenir et me serra si fort que je sentis son cœur tambouriner contre ma propre poitrine.

— Je crois bien que je t'aime, Avannah Hatcher.

Son murmure me laissa sans voix. Mes mains se mirent à trembler et il me lâcha tout aussi rapidement qu'il m'avait enlacée. Je n'eus même pas le temps de lui répondre qu'il rentrait déjà à l'intérieur de la maison.

Jason Clayton avait du mal à parler de ses sentiments, tout comme il avait peur de les ressentir.

Néanmoins, quand il ferma la porte derrière lui, un sourire jouait sur mes lèvres.

*

Le visage de Jason envahissait mes pensées, et le trajet menant chez mon père ne me parut pas très long. Je pus revoir les arbres bourrés d'oxygène qui peuplaient l'État de l'Alabama et respirer cet air infiniment pur. Le voyage me rappela cependant certains mauvais souvenirs d'enfance.

Mais plus je roulais, et plus un mauvais pressentiment prenait possession de moi. Mes doigts crispés tapaient frénétiquement sur le volant et je regardais continuellement dans le rétroviseur, comme pour chercher quelque chose que j'avais oublié avant de partir.

J'avais la sensation que je n'aurais jamais dû m'éloigner de Jason.

En empruntant le chemin bordé d'arbres menant vers mon ancienne maison, un léger sourire se dessina malgré tout sur mes lèvres. Le terrain, d'une immensité verdoyante, s'étendait sur plusieurs dizaines de mètres.

Je me garai devant la maison aux couleurs pâles dont les rideaux étaient tous tirés. Le jardin semblait extrêmement bien entretenu, et je me demandai où mon père avait pu puiser la motivation pour s'en occuper.

Ce dernier sortit de la demeure en m'apercevant. Son visage respirait la joie de vivre, et le voir dans un tel état de bonheur me combla.

— Avannah !

Il me prit dans ses bras. Les derniers événements s'étaient déroulés à une telle vitesse que j'eus l'impression de ne pas l'avoir quitté plus d'une semaine. Ses cheveux gris étaient coupés court et, vêtu d'une chemise et d'un pantalon neuf, il n'avait jamais été si bien habillé.

— Tu as fait bonne route ? demanda-t-il en m'accompagnant à l'intérieur.

— Excellente. Alors ? lançai-je avec un sourire moqueur. Où est-elle ?

— Elle arrivera plus tard, pour le dîner.

Je fis la moue, déçue de ne pas rencontrer cette Isabel dès maintenant. Mais je devais me montrer patiente. Au regard qu'arborait mon père, je devinais que c'était très important pour lui.

Je posai le peu d'affaires que j'avais apportées à l'entrée de mon ancienne chambre. Quelques cadres photos étaient toujours accrochés au mur, et plusieurs vêtements froissés hantaient la penderie. J'avais oublié que je n'avais pas tout emporté en partant pour le Tennessee.

Quand je revins dans le salon, mon père m'intima de l'accompagner à l'extérieur. Le ciel était si bleu qu'aucun nuage ne l'entravait. Il aurait été dommage de ne pas profiter de ce magnifique temps en restant dans la maison.

Nous longeâmes l'immense jardin en profitant de l'air frais. Mon père me raconta alors tout, comme s'il ne pouvait plus tenir sa langue : il me narra sa rencontre avec Isabel, ses qualités et à quel point ils paraissaient complémentaires tous les deux. La façon dont il m'expliquait tout ça me soulagea. Ses traits, tirés par un sourire, manifestaient son bonheur.

— Alors tu es heureux, Papa ? m'enquis-je en m'installant sur la balançoire de mon enfance, à l'ombre d'un gros arbre.

— Oui, je crois bien que je le suis, répondit-il.

— J'ai hâte de faire sa connaissance.

Mes mots ne pouvaient pas lui faire plus plaisir, car il reprit son discours sur la personnalité d'Isabel. Son comportement d'adolescent me fit rire. Il reprit rapidement son sérieux et me demanda :

— Et comment va Courtney ?

Je plissai les lèvres. C'était le moment de tout lui dire. Je détestais cacher des choses à mon père.

— On marche un peu sur des œufs, en ce moment.

— Comment ça ? s'intéressa-t-il en s'installant sur la deuxième balançoire.

— On s'est disputées il y a plusieurs semaines. Depuis, j'habite avec un ami. On s'est reparlé, mais ce n'est plus comment avant. Je doute que ça le redevienne un jour.

Il fronça les sourcils.

— Qu'est-ce qu'il s'est passé ?

Allez, Ava, crache le morceau. Il se souviendrait de Jason. Sans doute qu'à l'époque où nous vivions encore tous ensemble à Clarksville, ma mère et lui devaient être au courant de qui était son père et de ce qu'il se passait dans cette maison. Peut-être était-ce pour ça qu'ils ne m'avaient jamais laissée m'approcher de Jason.

— Est-ce que tu te rappelles les personnes qui habitaient en face de chez nous, à Clarksville ? demandai-je en me balançant.

Sa mâchoire se contracta.

— Comment oublier ? soupira-t-il, nostalgique. Il se passait des choses horribles dans cette maison. On pouvait entendre les cris jusqu'à l'autre bout de la rue.

— Pourquoi vous ne m'en avez jamais parlé, maman et toi ?

— On ne voulait pas te faire peur. Tu semblais attachée à ce petit garçon, même si on t'interdisait de l'approcher. Quelques années après notre départ, j'ai vu aux informations que son père avait été arrêté pour le meurtre de sa femme. Il l'a battue à mort.

Je n'osais imaginer ce qu'avait pu vivre Jason face à ces visions d'horreur.

— Pourquoi tu me demandes ça, au fait ? interrogea mon père, soucieux.

— En fait… Tu te souviens de mon ami qui était là lors de la tempête ? C'est lui, c'est Jason. C'est le petit garçon d'il y a toutes ces années. Il est toujours dans cette maison.

Il me contempla un instant sans rien dire, sans doute pour assimiler ce que je venais d'avouer. J'ignorais quelle réaction il allait avoir. N'importe qui aurait pu être choqué à l'idée que sa fille vive avec le fils d'un tueur.

— Comment va-t-il, aujourd'hui ? J'ai pu lui parler à l'hôpital, mais je n'ai pas fait le lien avec cet enfant.

— Il est malheureux, me contentai-je de dire.

— Le pauvre garçon… Et toi ? Tu tiens le coup ?

J'acquiesçai, même si la situation était difficile à certains moments.

— Oui, pour lui. Je l'aide comme je peux.

— Je suis fier de toi.

Nous finîmes par rentrer à la maison. Le ciel se couvrait dangereusement et un courant d'air se leva. Le vent nous donna des frissons. Mon père comptait sur moi pour l'aider à préparer le repas, car, comme il le disait, tout devait être « *exceptionnel* » ce soir.

J'ignorais que dans l'État voisin, Jason Clayton souffrait.

« Je n'ai pas échoué. J'ai juste trouvé dix mille solutions qui ne fonctionnent pas. »
Edison

J'avais repris le travail le jour même où Avannah rendait visite à son père. Aux côtés d'Eli, la bonne ambiance était toujours au rendez-vous, et notre chef était constamment d'humeur joyeuse. Il était vingt heures trente, et mon ami fredonnait une chanson lorsqu'un homme entra dans la pizzeria.

Il était habillé d'une veste miteuse par-dessus un t-shirt poussiéreux et d'un jean trop large pour lui. Ses chaussures n'émettaient aucun bruit sur le carrelage et je dus lever les yeux pour le remarquer. Son visage, tiré par la fatigue, paraissait avoir vieilli de vingt ans.

Il m'était impossible de ne pas le reconnaître.

Ses cheveux grisonnants tombaient en boucles sur un front pâle et ridé. En le voyant, je fus incapable d'esquisser un geste. Mes prunelles restèrent braquées sur cet homme qui avait brisé ma vie.

En moi, c'était le vide.

— Une pizza pepperoni, s'il vous plaît.

Il fouilla dans son porte-monnaie usé par le temps sans même lever les yeux sur mon visage. Je le contemplais sans bouger, le crâne vidé de toute pensée. Néanmoins, je savais que dès l'instant où il me regarderait, mon monde s'effondrerait.

Il répéta sa demande en constatant mon silence. À l'intérieur de moi, un trou béant se créa à nouveau.

Puis, enfin, son regard se plongea dans le mien.

Mon père ne parut pas me reconnaître. Pourtant, il sembla troublé en me dévisageant. Nous restâmes un long moment à nous toiser. Bientôt, mes pensées s'embrouillèrent et une douleur indescriptible se matérialisa dans ma poitrine.

Mon souffle se coupa.

— Jason ? m'interpella Eli.

Il apparut à mes côtés, soucieux, et posa une main rassurante sur mon épaule. Son contact familier me fit revenir sur terre. Je repris ma respiration, sans que cela apaise mes pensées pour autant.

— Jason… lâcha mon père tout bas.

Mon prénom sorti d'entre ses lèvres me fit perdre pied. Les jambes flageolantes et le teint livide, je me tournai lentement vers Eli. Ma lèvre inférieure tremblait. Il remarqua tout de suite mon état. Mes yeux criaient ce qu'il se passait pendant que mes cordes vocales refusaient d'émettre le moindre son.

En faisant un pas en arrière, je trébuchai et Eli me rattrapa avant que je ne chute.

— Jason !

Sa main entoura mon bras, et je me dégageai de lui avant de partir vers la sortie des employés. Je devais à tout prix mettre le plus de distance possible entre mon père et moi ou il me ferait encore du mal.

En sortant, je faillis tomber sur des cagettes de bois. L'air était étouffant et moite. J'aurais déchiré mon col pour me délivrer de cette asphyxie.

— Attends !

Eli jaillit derrière moi.

— Qu'est-ce qu'il se passe, Jason ? Qu'est-ce qu'il t'arrive ?

Le visage de mon père ne quittait pas mes pensées et, bientôt, il se mélangea à mes souvenirs. Les hurlements de ma mère me percèrent le crâne et je me recouvris les oreilles pour les faire taire, comme si ça pouvait changer quelque chose.

Mon ami s'approcha un peu plus de moi, hésitant et perdu. D'un instant à l'autre, mes jambes ne pourraient plus me supporter. En me dirigeant vers la voiture d'Eli, je me forçai à prononcer une parole, mais d'une voix faible et brisée :

— C'est mon père, soufflai-je.

Eli parut abasourdi. Je me frottai le visage, espérant que ça puisse chasser les démons qui m'envahissaient. Ma respiration se faisait de plus en plus rapide à mesure que l'obscurité apparaissait.

Je devais partir. M'en aller loin pour ne plus que mon père s'immisce dans ma vie. J'entrai dans la voiture d'Eli et refermai la portière derrière moi. Les clés étaient déjà sur le contact.

Eli se jeta sur la vitre et tapa sur cette dernière pour m'empêcher de partir. Il tenta d'ouvrir la portière, mais je l'avais déjà verrouillée. Les larmes brouillaient ma vue, et j'enclenchai la première vitesse pour déguerpir d'ici, sous les yeux inquiets de mon ami.

Le soleil ne tarderait pas à se coucher entièrement sur Clarksville pour laisser la place à la nuit la plus noire. Je doublai les voitures sans même le remarquer et accélérai, les mains tremblantes serrées sur le volant.

Mes jambes étaient prises de soubresauts. Je tentai de me calmer, mais c'était impossible. En sortant de la ville, mes cauchemars m'avaient envahi, et aucune autre pensée ne put prendre le dessus.

Et pourtant, je m'efforçais de songer à des choses qui m'avaient empli de bonheur. Le sourire d'Avannah apparut un instant dans ma tête, mais il fut rapidement balayé par le visage de mon père. Je revis les scènes les plus terribles de mon enfance et une souffrance sans nom grimpa dans mon être tout entier. J'étais dans l'incapacité d'effacer les coups qu'il m'avait assenés pendant des années.

Les sanglots me serrèrent la gorge et les larmes roulèrent sur mes joues. Je les séchai d'un revers de la manche, car elles m'empêchaient de discerner la route. J'appuyai sur l'accélérateur, submergé par une adrénaline nouvelle.

Peut-être que le danger ferait fuir les démons et la douleur.

Mais plus j'accélérais, plus mon souffle devenait saccadé. Presque aucune voiture ne roulait en dehors de Clarksville à cette heure-ci. La vitesse de mon véhicule augmenta sans même que je m'en rende compte.

100 km/h.

Je n'en pouvais plus. J'étais épuisé par la vie et la souffrance. Mon corps n'était que des morceaux de verre brisé. J'aurais aimé les recoller, mais je savais que c'était impossible. Les plus petits bouts ne pourraient jamais se réassembler.

120 km/h.

Je me demandais si, un jour, j'aurais l'opportunité de me lever le matin sans penser une seconde au mal qui me rongeait et sans que le visage tuméfié de ma mère n'apparaisse derrière mes paupières.

130 km/h.

Mais l'obscurité demeurait trop forte, quoi qu'il se passât. Mon âme se désagrégeait peu à peu. Jamais je ne parviendrais à me relever de ces supplices que mon père m'avait infligés, même si Avannah faisait tout son possible pour les effacer.

140 km/h.

Avannah… À sa seule pensée, mes larmes redoublèrent et mes sanglots m'empêchèrent de respirer. Je l'aimais tant que la faire souffrir était inimaginable. La combler me serait impossible.

« Je ne veux pas t'entraîner dans mon tourbillon d'émotions.

— Je crois bien que c'est trop tard. »

Elle y était entrée et, à présent, elle ne pourrait jamais s'en échapper. Rester avec moi reviendrait à l'empêcher de vivre.

Néanmoins, je ralentis l'allure, pour elle. Sans Avannah, j'en aurais déjà fini, mais je refusais de lui faire subir une chose pareille, même si mes démons m'appelaient à le faire.

130 km/h.

120 km/h.

110 km/h.

Les étoiles illuminaient le ciel nocturne, et je ne pus m'empêcher de songer à la nuit que nous avions passée, elle et moi. Une nuit brillante et apaisante. Le genre de nuit qui faisait fuir les cauchemars et l'obscurité.

Peu à peu, mes mains arrêtèrent de trembler, et la voiture ralentit. La route bordée d'arbres sombres semblait totalement déserte. Je me calmai, mais un autre sentiment m'envahit : la colère.

237

Contre mon père qui ne méritait nullement de vivre après ses actes odieux, et contre moi-même, pour être si fragile. Dès l'instant où il était entré dans la pizzeria, j'aurais dû en finir avec lui. Peut-être que le tuer aurait apaisé mes démons et aurait effacé les cicatrices dans mon dos. À la place de quoi, ma seule réaction avait été de m'effondrer.

J'étais pire que brisé.

Plus loin, je fus soudain ébloui par les phares d'une voiture. Quand je pus voir à nouveau, un cerf me barrait la route. L'horreur s'empara de moi et je braquai le volant pour l'éviter. La voiture sortit de la chaussée dans des soubresauts terrifiants et l'animal déguerpit d'un grand bond. Je n'eus même pas le temps de crier que la voiture d'Eli se disloquait contre un arbre.

Avannah

« Marcus, savez-vous quel est le seul moyen de mesurer combien vous aimez quelqu'un ?
— Non.
— C'est de le perdre. »
Joël Dicker.

— Qu'est-ce que vous faites, dans la vie ?

Ma question fit sourire Isabel. Ses longs cheveux blonds cascadaient sur ses épaules. Elle était très belle. Ses yeux verts étaient sublimés par un maquillage léger et sobre. Son visage en forme de cœur émerveillait mon père.

Elle posa son verre de vin sur la table avec une discrétion infinie.

— Je travaille dans la décoration intérieure.

— Vraiment ? Vous devez certainement être douée en dessin, alors ! m'exclamai-je, ravie.

— Légèrement, rougit-elle.

— Isabel est trop modeste, lâcha mon père. Je l'ai vue peindre. C'est vraiment magnifique.

Les regards qu'ils se jetaient étaient profonds, et je baissai les yeux. Parfois, j'avais l'impression de percer leur intimité, mais j'étais remplie de bonheur en voyant mon père si heureux.

J'aurais souhaité que Jason soit là pour combler le vide qui m'encombrait.

— Quelles études vas-tu faire, à la rentrée ? me demanda-t-elle.

— Arts modernes. Je devrais m'y remettre, dis-je. J'ai laissé ça un peu trop de côté ces derniers temps.

— Tu as un petit ami, peut-être ?

Cette fois, ce fut à moi de rougir.

— Avannah est très douée en dessin. Elle a tous les talents que son père n'a pas.

Isabel s'esclaffa.

— Bien sûr que non. Tu es doué pour…

— Le jardinage ? proposai-je. J'ai bien remarqué à quel point tu prenais soin de l'extérieur.

— En fait, c'est Isabel.

Je me retins de rire.

Tout d'un coup, mon téléphone vibra sur la table. Je jetai un coup d'œil : *Eli*. Je mourrais d'envie de lui répondre, mais je ne voulais pas faire mauvaise impression devant Isabel alors que cette soirée comptait beaucoup pour mon père.

J'ignorai donc mon ami et continuai à manger mon repas sans un mot. La sonnerie s'arrêta, puis reprit de plus belle. L'inquiétude me rongea quand je constatai qu'Eli insistait. Il ne m'aurait jamais appelée si ce n'était pas important.

— Tu peux répondre, Ava, m'indiqua mon père.

Je le remerciai d'un signe de tête et sortis de la maison par la baie vitrée qui donnait sur le jardin. En décrochant, j'entendis tout de suite la respiration saccadée d'Eli.

— Allô ?

— *AVA ! Tu dois revenir !* s'exclama Eli, paniqué.

Son ton me rendit nerveuse.

— Quoi ? Qu'est-ce qu'il se passe ?

— *C'est Jason… Il a eu un accident de voiture.*

Je restai immobile. Le choc m'asphyxia. *Pas encore…*

— Qu-quoi ?

— *Il est à l'hôpital, au bloc. Avannah… C'est grave.*

Je ne parvenais pas à y croire. Mes jambes faillirent me lâcher et je préférai m'asseoir.

— *Tu dois revenir.*

Je hochai la tête d'un geste lent avant de me rappeler qu'il ne pouvait pas me voir.

— Je pars maintenant.

Eli raccrocha et je restai un moment assise par terre, immobile. Mon cœur menaçait d'exploser. J'imaginai le visage pâle et ensanglanté de Jason et la panique prit possession de mon corps. Je me mis à trembler violemment et ma respiration s'accéléra. Je me forçai à me calmer et à contrôler mon souffle.

Finalement, je parvins à me lever pour entrer dans la maison. Mon père et Isabel riaient aux éclats. En m'apercevant, ils haussèrent les sourcils. Mes pensées s'embrouillèrent et les mots restèrent coincés au fond de ma gorge.

— Avannah ? Tout va bien ? s'enquit mon père.

Il me connaissait trop bien pour ne pas voir que quelque chose n'allait pas.

— Il… Jason… Un accident de voiture… Je…

Il ouvrit la bouche, prêt à dire quelque chose, mais il ne trouva pas ses mots. Je tentai de faire le vide dans ma tête et de reprendre mes esprits. Je devais d'abord aller chercher mes affaires dans ma chambre pour rejoindre Jason le plus vite possible. Il était hors de question que je le laisse seul.

En redescendant les escaliers, mon sac sur l'épaule, les larmes menaçaient d'inonder mon visage. En me voyant dans un tel état de détresse, mon père s'approcha de moi.

— Tu ne peux pas prendre la route comme ça.

— Je dois y aller, Papa, dis-je. Je ne peux pas l'abandonner.

Il m'observa de ses grands yeux fatigués avant de me demander :

— Il compte pour toi, hein ?

J'acquiesçai, bouleversée.

— Très bien, trancha-t-il. Alors c'est moi qui conduis.

— Quoi ?

— Je t'accompagne.

Je le pris dans mes bras pour le remercier. Au fond, j'ignorais si j'aurais été capable de prendre la voiture en sachant que Jason était peut-être entre la vie et la mort.

Isabel n'eut pas besoin qu'on lui explique la situation. Elle comprit et rentra chez elle en même temps que nous prenions la route. Je l'appréciais beaucoup : elle ne serait que bénéfique pour mon père.

Le trajet parut durer une éternité. Dans la nuit noire, le paysage était toujours le même. À minuit et demi, j'appelai Eli pour me tenir au courant de la situation. Il me répondit que Jason était toujours au bloc et que ça risquait de durer encore plusieurs heures.

— Tu sais comment il a eu cet accident ? interrogea mon père tandis qu'il prenait un virage.

— Eli ne m'a rien dit.

Il s'était passé quelque chose pour que Jason s'en aille ainsi. L'espace d'un instant, je songeai à Alex. Aurait-il pu aller le voir et la situation aurait-elle pu s'aggraver ? Si seulement je ne l'avais pas laissé seul…

Un soupçon de culpabilité prit possession de moi à mesure que nous nous rapprochions du Tennessee.

— Tu ne peux pas accélérer ? demandai-je en me rongeant les ongles.

— J'excède déjà les limites de vitesse, Ava. Et si Jason est au bloc, on ne pourra rien faire de plus à l'hôpital. Autant ne pas mettre nos propres vies en danger.

Il avait raison. L'opération pouvait durer des heures en fonction de l'état de Jason. Eli ne m'avait rien dit au téléphone, car lui-même ne semblait pas savoir. Ne rien pouvoir faire pour Jason était une pure torture.

Bientôt, le panneau « Clarksville » apparut devant les phares de la voiture et mon appréhension augmenta un peu plus.

La ville était baignée de lumières fluorescentes. Les panneaux publicitaires diffusaient des images éblouissantes que personne ne regardait. Des gens sortaient des restaurants en riant et certains promenaient leur chien. Je n'aurais jamais dû partir.

Mon père se gara enfin devant l'entrée des urgences. En sortant, je le remerciai d'un sourire peiné et secouai mon pouce et mon petit doigt comme nous avions l'habitude de le faire pour lui témoigner mon affection. Je me précipitai, les sens en alerte, pour entrer dans l'hôpital bondé ; la plupart des gens présents n'étaient là que pour des blessures superficielles. Je les bousculai pour me frayer un passage vers l'accueil quand mon nom retentit derrière moi.

— Avannah !

Le visage d'Eli apparut dans mon champ de vision et je courus vers lui, les larmes aux yeux. Il me prit dans ses bras et me serra contre lui pour me rassurer.

— Comment va-t-il ? m'enquis-je, la voix tremblante.

— J'en sais rien… soupira-t-il en m'invitant à m'asseoir dans la salle d'attente. Il est parti au bloc il y a des heures, et je n'ai eu aucune nouvelle.

— Mais qu'est-ce qu'il s'est passé, Eli ? Comment a-t-il eu cet accident ?

J'étais complètement perdue, le souffle court et les jambes flageolantes. Elles se secouaient toutes seules, et je n'avais aucun moyen de les contrôler tant le stress m'envahissait.

— On bossait tranquillement à la pizzeria… commença-t-il. Jason était à l'accueil et moi, je m'occupais des pizzas avec le chef. Et là, un homme est entré.

— Un homme ?

— Jason est parti en vrille. Il n'arrivait plus à parler. Il était complètement tétanisé, jusqu'à ce qu'il parte par la sortie des employés. Je l'ai suivi à l'extérieur, et là…

Ses prunelles témoignaient d'une extrême inquiétude. Des sanglots au fond de la gorge, je pris la main d'Eli pour l'encourager à continuer.

— Il m'a dit que l'homme qui était entré était son père.

— Son père ? répétai-je.

— Ouais, il a dit ça.

— Il n'est pas censé être en prison ?

— Il ne doit plus l'être…

Je plissai les lèvres. Comment le père de Jason avait-il pu se retrouver dans la pizzeria où il travaillait ? Était-ce une coïncidence ?

— C'est pas ça qui m'inquiète, Avannah, confia Eli. *Qu'est-ce qui pouvait être pire ?*

— Jason a pris ma voiture, mais… (il parut incapable de poser des mots sur ses pensées.) Est-ce que tu crois qu'il… qu'il l'a fait exprès ? Qu'il a voulu mettre fin à ses jours ?

Je contemplai les traits anxieux d'Eli sans oser dire quoi que ce soit. Les battements de mon cœur furent les seuls bruits que je pus discerner. Autour de nous, le son des brancards, les cris des médecins et les angoisses des patients avaient disparu pour ne laisser passer qu'une seule chose : les paroles d'Eli.

Est-ce que tu crois qu'il l'a fait exprès ? Qu'il a voulu mettre fin à ses jours ?

Je ne parvenais pas à y croire. Jason avait-il véritablement fait ce choix ? Était-il si malheureux que la mort avait été sa dernière option pour se soulager ?

Des années auparavant, son père l'avait détruit. Depuis, Jason était brisé. Malgré mes efforts pour l'aider, rien ne parvenait à le sauver.

Il est difficile de sauver quelqu'un qui ne veut pas être sauvé.

Les mots d'Eli résonnèrent dans mon crâne.

Une main se posa sur mon épaule et me sortit de mes pensées. Mon père s'était installé à mes côtés. Je déposai ma tête sur son épaule et il me serra contre lui, rassurant.

Nous restâmes de longues heures dans l'attente et dans l'ignorance. C'était le pire moment de ma vie. Jason était là, à quelques pas de nous, sans doute plus proche de la mort qu'il ne l'avait jamais été, et nous ne pouvions rien faire.

À quatre heures et quart du matin, un médecin entra dans la salle d'attente. Il n'y avait presque plus personne à part une famille qui attendait dans les mêmes conditions que nous. Nous nous levâmes tous au même moment, pleins d'espoir et d'inquiétude. Le médecin se dirigea vers nous d'une démarche hésitante.

— Vous êtes la famille de Jason Clayton ? interrogea-t-il d'un ton réservé.

— Oui.

Il lâcha un soupir. Ses yeux étaient cernés. L'appréhension me rongea l'intérieur. Je n'étais pas certaine de pouvoir faire face à ce qu'il allait nous annoncer.

— Il vient de sortir du bloc, déclara-t-il. Il a eu de nombreuses fractures, dont une qui lui a transpercé le foie. On a réussi à stopper une hémorragie interne. Il a eu beaucoup de chance.

Je ne parvins pas à y croire tout de suite.

— Vous… Vous voulez dire qu'il est vivant ? demandai-je en me laissant choir sur ma chaise.

— Oui, il est vivant.

Un soulagement sans nom tomba sur ma poitrine, et mes larmes s'échappèrent enfin. Eli m'enlaça et manqua m'étouffer, mais son affection me fit chaud au cœur. Je compris qu'il était aussi soulagé que moi. Le médecin nous demanda de le suivre, et mon père resta en salle d'attente.

— Tu ne viens pas ? demandai-je en me retournant.

— Non, répondit-il avec un sourire. Allez-y tous les deux.

Je hochai la tête, reconnaissante envers lui. Nous arpentâmes les couloirs dans un silence de plomb et, pourtant, nos cerveaux fonctionnaient à mille kilomètres heure. J'avais hâte de voir Jason. Cependant, j'avais peur qu'il ne soit plus le même après cet accident.

Le médecin s'arrêta devant une chambre des plus banales. Une grande baie vitrée permettait de voir l'intérieur. Les murs, d'un blanc immaculé, encadraient Jason, endormi.

Son visage paraissait serein. Une machine était reliée à lui et un bandage entourait son crâne. C'était difficile de croire qu'il était vivant.

— Quand va-t-il se réveiller ? questionna Eli.

— D'ici quelques heures normalement, informa le chirurgien.

— Normalement ?

— Eh bien… Il y a toujours un risque que les patients ne se réveillent pas, vous savez.

Il nous autorisa à entrer dans la chambre, puis nous abandonna. Eli me tint la porte et je fis un pas hésitant à l'intérieur. La respiration forte de Jason était le seul bruit présent.

De près, son teint était livide. Plusieurs égratignures marquaient ses joues. Ses bras, passés par-dessus les draps, étaient rougis et abîmés. S'était-il réellement fait ça volontairement ?

Je m'installai à ses côtés, sur le matelas moelleux, les pieds engourdis. Eli s'assit dans un coin de la pièce, sur un fauteuil gris. Comme toutes les chambres d'hôpital, celle-ci manquait affreusement de couleurs.

Je posai ma main sur celle de Jason. Ses doigts étaient glacés et bleuis. Je n'arrêtais pas de songer qu'il semblait bien plus paisible maintenant qu'à n'importe quel autre moment depuis notre rencontre. J'espérais qu'aucun démon ne perturbait son sommeil.

Le temps passa si lentement que c'en était terrifiant. Quand je crus qu'une heure s'était écoulée, Eli m'informa que nous n'étions là que depuis trente minutes. Il finit par s'endormir un peu plus tard, exténué.

Moi, je me contentais de tenir la main de Jason, qui ne bougeait toujours pas. Une infirmière passa à plusieurs reprises pour vérifier ses constantes et changer une perfusion. Elle m'adressa à chaque fois un sourire confiant, mais elle n'était sûre de rien, tout comme nous.

Plus les heures passaient, et plus l'appréhension grimpait. Chacune de mes pensées était encombrée

de doutes et de peur. Je me demandais sans cesse si la seconde d'après, ses yeux s'ouvriraient.

Je finis par me lever pour me dégourdir les jambes et descendre au rez-de-chaussée. Un distributeur de friandises m'attendait et j'achetai deux barres chocolatées. Je fis un tour par la salle d'attente où mon père attendait toujours.

— Tu peux rentrer, lui dis-je en lui tendant des clés. Chez Jason. Vas-y.

Il parut un instant décontenancé.

— Je vais plutôt prendre un hôtel. Tu me tiens au courant, m'intima-t-il.

Je hochai la tête, incertaine.

Les escaliers que j'empruntai pour retourner à la chambre de Jason me semblèrent insurmontables. Je croquai dans ma barre chocolatée, mais elle n'avait aucun goût.

En arrivant, Eli était réveillé et scrutait Jason sans un mot. Je lui offris la deuxième barre qu'il accepta avec gratitude. Il la posa néanmoins sur la table et n'y toucha pas avant une bonne heure.

Le temps ne m'avait jamais paru si long. Je comptais chacune de ses respirations en fixant son visage endormi. Je n'étais pas sûre de ce que je ressentais : le soulagement qu'il soit encore en vie, le doute concernant la véritable raison de cet accident, la peur à l'idée qu'il ne se réveille pas et l'angoisse qu'il ouvre les yeux, mais ne soit plus le même.

Je finis par m'endormir, la tête embrouillée par des sentiments contradictoires.

Jason

« Comme il est difficile de vivre avec un être qu'on
déteste,
quand cet être, c'est vous-même. »
Bruce Lowery

Mon cerveau n'était qu'une boule de lave incandescente.

Je n'aurais pu dire si cette douleur était réelle. L'obscurité envahissait les lieux et m'empêchait de penser à autre chose qu'à la souffrance. Il n'y avait rien d'autre à part la noirceur.

Peu à peu, la chaleur qui irradiait mon crâne s'estompa et je me retrouvai dans un monde à part, fait de calme et de lumière. Autour de moi, des lueurs blanches apparaissaient et se déposaient sur ma peau. Je n'avais qu'un souhait : les attraper pour que mon être se soulage entièrement.

Mais la tranquillité ne dura qu'un temps.

Mes paupières s'ouvrirent avec difficulté et les néons qui éclairaient la pièce m'éblouirent. Quelque chose était posé sur mon nez et ma bouche et je ne compris pas tout de suite ce dont il s'agissait. Je n'avais mal nulle part physiquement. La seule souffrance qui m'habitait, c'était la nostalgie des minutes qui avaient précédé cet instant.

Près de moi, je discernais une présence grâce au son de sa respiration, mais j'étais incapable de tourner la tête. À ma gauche, une machine inconnue tournait à plein régime. J'aurais aimé prononcer un mot, mais je décidai de garder le silence ; ma gorge était trop sèche.

— Jason ?

La voix qui s'éleva à ma droite résonna à mes oreilles. Je la reconnus. Quand elle se leva pour se pencher au-dessus de moi, j'aperçus ses cheveux châtains ébouriffés et ses yeux inquiets. Elle n'osait pas me toucher.

Eli s'approcha à son tour. Ses tatouages ornaient ses bras nus et je ne parvenais pas à les discerner parfaitement. Ma vision était floue.

— Eh, mec… chuchota-t-il.

Avannah sortit de mon champ de vision quelques minutes. À son retour, une infirmière en blouse bleue l'accompagnait. Elle plongea une lumière dans mes yeux et m'enleva le masque à oxygène du visage.

Le lit se releva. J'avais la sensation que mon corps entier était dans l'incapacité de bouger.

— Comment tu te sens ? s'enquit Avannah.

Elle me prit la main. Ses doigts étaient froids.

Je toussotai, la bouche pâteuse.

— Ça va… répondis-je d'une voix étranglée.

En réalité, ça n'allait pas du tout. J'ignorais pourquoi j'étais encore en vie.

Le visage d'Avannah m'apaisa, mais mes pensées étaient toujours tournées vers le sommeil. J'avais envie de m'y replonger pour ne plus avoir à faire face à la réalité.

— Tu as eu une lourde opération du foie, m'expliqua Eli. Normalement, tu ne devrais pas avoir besoin d'une greffe.

J'acquiesçai.

Mon ami continua à me relater ce qu'il s'était passé, mais j'étais ailleurs. Je contemplais la nuit par la fenêtre, en me disant que, pour la première fois, j'aurais aimé me noyer dedans.

— Jason ?

Le ton anxieux d'Avannah me tira de mes rêveries.

— Comment tu as eu cet accident ?

Sa voix tremblait. Je me tournai vers Eli. Ses sourcils froncés m'indiquaient que je devais répondre.

Chacun des événements de la veille me revint en mémoire. Je me souvins des traits de mon père sans pouvoir les chasser.

— Un cerf… articulai-je. Il y avait un cerf en travers de la route.

Avannah soupira de soulagement. Eli leva les yeux vers le plafond et se détourna, légèrement rassuré.

Ils croient que je l'ai fait exprès.

Ça aurait pu être vrai. J'avais accéléré délibérément. La vitesse m'avait tranquillisé. Le danger m'avait apaisé. Ce n'était pas la première fois que l'idée de mettre fin à mes souffrances me happait. J'y avais déjà songé par le passé, quand je m'étais retrouvé sans aucune famille du jour au lendemain.

Mes amis restèrent près de moi de longues heures. Eli finit par partir pour se reposer, mais Avannah, elle, ne bougea pas. Elle fut à mes côtés lorsque mon chirurgien m'expliqua comment l'opération s'était passée et me détailla les soins que j'allais devoir suivre à la lettre durant les prochaines semaines.

Je n'allais pas quitter l'hôpital de sitôt. J'avais besoin d'une longue et délicate rééducation. Avannah me promit de rester à mes côtés.

Son sourire me donna le courage de me battre pour elle. Je lui jurai de faire de mon mieux. Ce fut difficile pour moi, car en temps normal, je ne donnais jamais ma parole.

Je détestais les promesses.

Avannah

« *Le ciel bleu sur nous peut s'effondrer*
Et la terre peut bien s'écrouler
Peu m'importe si tu m'aimes
Je me fous du monde entier. »
Édith Piaf

Les heures passèrent et la fatigue abandonna Jason plus rapidement que je ne l'aurais cru. Sa motivation pour aller mieux était la chose la plus surprenante. Quelques fois, Eli sortait une blague salace et Jason éclatait de rire. Ils n'hésitèrent pas à commenter la plastique des infirmières. Ces discussions me faisaient sourire, car c'était la preuve qu'il se remettait.

En fait, je découvrais un Jason Clayton que je ne connaissais pas.

Un Jason qui semblait heureux.

— T'as laissé tomber pour Courtney, Eli ? demanda-t-il.

— Elle a l'air vraiment insupportable, nous informa notre ami en croquant dans une pomme. Elle est canon, mais insupportable.

Je levai les yeux au ciel.

— Elle est comme toi, en fait, dis-je.

— Je ne vois pas de quoi tu parles.

Nous nous esclaffâmes tous, y compris Jason. Il reprit cependant son sérieux avant de déclarer :

— Tu devrais chercher celle qui est faite pour toi, Eli. On ne sait jamais de quoi sont faits les lendemains.

Il leva ensuite la main vers moi avec un sourire en coin. Je l'attrapai avec douceur.

— Je crois l'avoir trouvée, ajouta-t-il.

Eli sortit de la chambre pour nous laisser un peu d'intimité. Je contemplai le visage de Jason. Malgré ses quelques égratignures, il n'avait jamais été si beau. La chaleur gagna mon être quand je lui avouai doucement à l'oreille :

« Et moi, je crois que je t'aime, Jason Clayton. »

Ses joues prirent une teinte rosée et il m'attira contre lui.

Le pouls de Jason s'accorda avec le mien.

*

Mon père passa dans la journée pour prendre des nouvelles de Jason. Ils ne parlèrent pas vraiment, car leurs seuls souvenirs communs étaient l'enfance du jeune homme, et je l'avais prévenu que ce ne serait pas une bonne idée de la mentionner. Alors il se contenta d'être simplement présent, de lui changer les idées en relatant sa propre adolescence ou de parler d'Isabel avec des étoiles dans les yeux.

En fin d'après-midi, alors que j'étais installée sur le fauteuil gris dans un coin de la chambre et dessinais le lac où nous étions allés, on toqua et la porte s'ouvrit avec délicatesse. Jason tourna la tête vers cette dernière et ne cligna pas une seule fois des paupières en observant Charlie qui entrait dans la pièce.

Sa peau basanée semblait encore plus sombre qu'à l'accoutumée. Il m'adressa un sourire gêné et, l'espace d'une seconde, je me demandai ce qu'il faisait ici. Je scrutai l'espace derrière son épaule, prête à bondir si j'apercevais la tignasse blonde d'Alex, mais il était seul.

— Charlie, me contentai-je de dire.

— Salut, Ala.

— C'est Avannah, coupa Jason en serrant la mâchoire.

Je me levai et posai mon calepin derrière moi pour me poster aux côtés de Jason.

— Qu'est-ce que tu fais là ? questionnai-je sèchement.

Charlie avala sa salive avec difficulté et regarda autour de lui, comme s'il était à la recherche d'une aide quelconque. Il paraissait égaré, presque honteux d'être ici… En voyant ses prunelles se poser sur Jason avec hésitation, je compris alors que Charlie Davis était presque effrayé par Jason Clayton.

— Je suis venu m'excuser, commença-t-il. Je n'ai jamais rien eu contre toi, Jason, et j'ai détesté la façon dont Alex t'a parlé, au lac. Il a mérité qu'Eli le frappe.

J'acquiesçai et croisai les bras contre ma poitrine.

— J'ai appris pour ton accident… continua Charlie. Je suis vraiment désolé. Si Avannah ou toi avez besoin de quelque chose, vous pouvez m'appeler.

Il nous tourna le dos pour sortir de la pièce sans un mot de plus. Je haussai les sourcils à l'adresse de Jason qui s'était complètement calmé, aussi surpris que moi par les mots de Charlie.

*

— Tu crois que la vie a un sens ?

La question de Jason me troubla. Assis dans son lit d'hôpital, il contemplait le vide, tête penchée, en proie à d'intenses réflexions. Je m'approchai de lui et m'assis à ses côtés. Entre mes doigts, sa main était glacée.

— Je ne sais pas, répondis-je simplement.

— Je pense que non.

Je l'examinai avec attention. Les cernes sous ses paupières s'étaient agrandis.

— Pourquoi ? demandai-je.

— Pour rien.

Je fronçai les sourcils, inquiète. Jason semblait moins enthousiaste depuis la venue de Charlie une heure et demie plus tôt. La fin de journée s'installait peu à peu et la fatigue menaçait de m'emporter à chaque instant. Jason perdait son bel entrain, et Eli, parti depuis quelques heures, avait de plus en plus peiné à le faire rire quand il était encore là. Son réveil ne datait pas d'une journée, et celle-ci avait été éprouvante pour lui.

— Tu te poses trop de questions, Jason, dis-je avant de l'embrasser sur la tempe.

Il hocha la tête d'un air soucieux. Une infirmière s'infiltra dans la chambre pour lui donner ses médicaments et vérifier ses constantes. Elle dégagea ses vêtements pour jeter un coup d'œil à son bandage. Jason grimaça.

— J'ai mal à la tête, se plaignit-il.

— On va vous donner quelque chose, le rassura l'infirmière sur un ton amical.

Je serrai la main de Jason. Il posa son crâne sur son coussin et ferma les yeux, las et fatigué.

— J'aimerais que ma mère soit là, se lamenta-t-il.

— Je sais, Jason… murmurai-je.

Je me penchai pour l'embrasser sur la joue. Sa peau était chaude.

— Je crois qu'il a de la fièvre, avertis-je.

— Ça va se calmer avec les médicaments, répondit l'infirmière.

J'acquiesçai. Je n'avais qu'une hâte : que Jason se remette entièrement et puisse rentrer chez lui. Le mois d'août toucherait bientôt à sa fin, et je me refusais d'entrer à l'université sans qu'il soit complètement rétabli.

— Avannah... m'appela Jason.

— Oui ?

— Prends ça.

Il attrapa une enveloppe fermée et me la tendit d'une main tremblante. Je lui jetai un regard interrogatif.

— Qu'est-ce...

— J'ai demandé à Eli de la ramener de chez moi. Ouvre-la seulement s'il m'arrive quelque chose, m'intima-t-il.

— Ne dis pas de bêtises, dis-je en m'énervant et en lui rendant sa lettre. Il ne t'arrivera rien.

— S'il te plaît...

— Je confirme qu'il ne vous arrivera rien, monsieur Clayton, intervint l'infirmière. Vous êtes hors de danger, vous pouvez me croire.

Son sourire sembla le rassurer quelque peu et il reprit son enveloppe sans un mot. Je lui serrai la main un peu plus fort.

— Tout va bien, d'accord ?

Il opina sans réelle conviction. En contemplant son visage fermé, je tentai de retenir mes larmes. L'observer pouvait être si difficile, parfois.

— Tu pourrais faire quelque chose pour moi ? interrogea-t-il.

— Bien sûr, acquiesçai-je.

— Dis à Eli de revenir. J'aimerais lui parler seul à seul.

Je pris mon téléphone et l'appelai rapidement. Il m'assura qu'il partait de suite et je raccrochai, soulagée.

Jason caressa la paume de ma main en traçant des cercles avec son pouce. Ses cheveux bruns tombaient sur son front soucieux.

— Mon échinacée… souffla-t-il.

Je m'approchai de lui pour l'embrasser tendrement. Il accueillit mon baiser avec envie et tristesse.

— Et je le serai toujours, murmurai-je à son oreille.

Il esquissa un sourire sincère avant de me rendre mon étreinte.

— Tu devrais rentrer, me conseilla-t-il. Il commence à se faire tard.

— Tu as raison. Eli ne devrait plus tarder. Ne le persécute pas trop ! me moquai-je.

— Tu parles…

— On se voit demain.

Il hocha la tête et je l'embrassai sur le front. En sortant de la chambre, je me postai devant la grande baie vitrée. Je levai une main en signe d'au revoir, comme nous le faisions étant petits.

Jason me le rendit. Il lui manquait cependant son sourire d'enfant.

Quand Avannah disparut, je ne pus m'empêcher de grimacer. Je posai ma main sur le côté de mon abdomen, en proie à une douleur incompréhensible. Mon crâne menaçait d'exploser. Je me demandais si c'était dû à l'accident ou si mon corps ne supportait juste plus mon malheur.

Je posai ma tête sur l'oreiller avec un soupir affligé, espérant que la souffrance lancinante finirait par disparaître. La lettre pour Avannah se faufila entre deux plis de la couverture. Je l'avais écrite après les événements du lac, quand je n'avais plus la force de me battre. Le moment était tout à fait approprié pour la ressortir. Je fermai les paupières, désireux de somnoler quelques instants pour échapper à la douleur. Le visage de la jeune femme hanta mes pensées et parut atténuer le mal qui me rongeait.

Quand j'ouvris les yeux, la nuit était tombée pour de bon.

Par la fenêtre, je ne distinguais qu'une intense obscurité, piquetée par les minuscules lueurs des étoiles. Je les observai un instant, mes pensées tournées vers Avannah. Je me souvins à quel point elle aimait contempler le ciel nocturne. J'aurais souhaité pouvoir aller la chercher pour que tous les deux, nous puissions retourner dans cette plaine, comme nous l'avions fait quelques semaines auparavant.

Il régnait un silence étrange, mais cela ne me dérangea pas. Les lumières de ma chambre étaient toutes éteintes, seules celles du couloir éclairaient la pièce. À côté de moi, l'écran de la machine était entièrement noir.

J'entendis tout à coup un bruit de pas venant de l'extérieur. Une ombre s'approcha derrière l'immense baie vitrée, gracieuse et élégante. Quand elle se posta dans l'entrée de ma chambre, un sourire éclaira mon visage. Elle me tendit la main.

Sans une once d'hésitation, je l'attrapai.

Avannah

« *Tu n'es plus là où tu étais, mais tu es partout là où je suis.* »
Victor Hugo

Dans mon rêve, je somnolais dans la chambre de Jason.

La pièce était vide, mais chaleureuse. J'étais seule dans ce grand lit aux draps blancs et je tentais de m'endormir, mais le sommeil ne venait pas. Les volets étaient ouverts. En regardant vers l'extérieur, j'aperçus les étoiles qui étaient bien plus brillantes que d'habitude. Une étoile filante transperça le ciel.

Je veux Jason.

Ce fut mon seul vœu. Le lit était bien trop grand et bien trop vide. J'étais bien trop seule dans ce rêve.

Je savais que c'était un rêve, car soudain, une silhouette émergea d'un coin de la pièce. Grande et forte, son visage était éclairé par les lueurs célestes. Ses cheveux noirs étaient ébouriffés sur son crâne, comme toujours, et sa peau était aussi pâle.

Mais un sourire éclairait son visage.

Le plus beau sourire qu'il ait jamais arboré. Lorsqu'il s'approcha de moi, celui-ci s'agrandit encore. Les battements de mon cœur s'accélérèrent. Une aura de bonheur envahit la pièce.

Un sentiment que je n'avais jamais ressenti en présence de Jason.

Je n'esquissai pas un geste. Il fit plusieurs pas et s'agenouilla près de moi, les joues rosies et les prunelles éclatantes. Sa main toucha la mienne et il se pencha à mon oreille. Dans un souffle, il déclara :

— Ça y est, Avannah. Je suis heureux.

*

Une sonnerie retentit et je me réveillai en sursaut. Devant moi, il n'y avait qu'une obscurité profonde. Les volets étaient fermés et la pièce entièrement vide. Un froid glacial régnait.

Sur la commode, l'écran de mon téléphone s'était allumé. Il vibrait énergiquement et menaçait de se fracasser sur le sol. Je l'attrapai d'une main tremblante. La sueur coulait le long de mon échine.

Je ne connaissais pas le numéro. Il était deux heures trente du matin et un inconnu m'appelait.

Une appréhension grimpa en moi et menaçait de me faire chavirer.

— Allô ?

— *Mademoiselle Hatcher ?*

Je lâchai un « oui » presque inaudible.

— *Vous êtes bien l'amie de Jason ?*

À l'autre bout du fil, la voix tremblotait.

— Oui, répétai-je.

— *Je suis désolée, mademoiselle...*

Sur le moment, je ne compris pas ces paroles. Pourquoi m'appelait-on à une heure si tardive ? Pourquoi, au bout du fil, l'infirmière semblait-elle en proie à un chagrin immense ?

Que signifiaient ces trois mots ?

Le temps s'arrêta pour moi. Il n'y avait plus que l'infirmière au téléphone et la chambre qui s'agrandissait pour me plonger dans une solitude angoissante.

— *L'état de Jason s'est aggravé rapidement. On a fait tout ce qu'on a pu...*

Ma gorge se serra. Mon souffle s'accéléra et, pourtant, j'eus la sensation de ne plus réussir à respirer.

— Qu-quoi ? balbutiai-je, perdue.

J'entendis à peine sa réponse. Mon téléphone tomba sur le sol et rebondit avant de s'immobiliser.

Je contemplai mes mains. Pendant plusieurs minutes, je ne bougeai pas. Je restai dans le silence pesant de la chambre.

Au fond de moi, un vide se forma.

Plus grand qu'aucun autre, il m'engloutit, tel un océan aux eaux tumultueuses. Je ne perçus que le bruit insupportable de ma respiration et des battements de mon cœur.

Puis la souffrance me gagna enfin et je crus en mourir.

Une douleur si atroce qu'aucun remède n'aurait pu me guérir. Je tombai à genoux sur le sol et attrapai les draps à pleines mains, les serrant de toutes mes forces. Un hurlement sortit du plus profond de mon être, mais je ne l'entendis pas. L'unique son que je perçus fut le prénom de Jason que je répétais sans cesse dans mon crâne.

Jason Jason Jason Jason Jason Jason

Les sanglots étaient si atroces qu'ils en étaient torturants. Les larmes m'irritèrent les joues. J'aurais aimé pleurer encore plus fort pour atténuer la douleur, mais ça ne pouvait pas être plus intense. Aucune souffrance ne pouvait être plus grande que celle-ci.

Est-ce que tu crois que la vie a un sens ?

Je hurlai que non, qu'elle n'en avait pas ; que si elle en avait eu un, elle ne me l'aurait jamais enlevé. Mais personne ne m'entendit. Le visage de Jason envahissait ma mémoire et ses paroles m'assourdissaient.

Je ne veux pas que tu entres dans mon tourbillon d'émotions.

Mon échinacée…

Je lui criai de se taire et j'attrapai ma tête avec mes deux mains dans l'espoir que sa voix s'efface. Elle avait pu être si belle, sa voix, mais tellement, tellement douloureuse, à retentir sans cesse pour ne pas que je l'oublie un seul instant.

Je crus que mes pleurs ne s'arrêteraient jamais. Plus rien n'existait à part l'obscurité et moi.

Comment pouvait-on vivre comme ça ? Comment Jason avait-il pu vivre ainsi ?

Durant des heures, mes songes furent peuplés de souvenirs et du visage de Jason. Enfin, mes larmes ne coulèrent plus, mais mes yeux contemplèrent le vide. Je pensais à celui que j'avais aimé plus que ma propre vie, à ce garçon qui avait souffert plus que tous les hommes réunis. Cet homme si beau et si malheureux. J'étais entrée dans son tourbillon d'émotions et je m'y étais perdue.

Ce n'était pas moi l'échinacée, Jason. C'était toi.

Sa simple présence m'avait sauvée. Tout comme cette fleur magnifique et piquante, Jason avait menacé de s'éteindre.

Mais contrairement à l'échinacée, il n'était pas parvenu à se relever.

Je songeai à la nuit que nous avions passée sous les étoiles. En cet instant, il n'y avait plus eu que lui, moi et la voûte céleste au-dessus de nous. Je me souvins du vœu que j'avais fait en observant une étoile filante foncer à toute vitesse à travers le ciel.

Je te veux juste toi.

Mon souhait s'était réalisé, mais pour si peu de temps.

Mes sanglots reprirent et, à cet instant, la porte de la chambre s'ouvrit. En levant les yeux, j'aperçus le visage décomposé d'Eli qui me contemplait. Il chuta à mes côtés et m'enlaça si fort que j'en eus du mal à respirer. Je plongeai mon visage dans son t-shirt et me laissai aller. Ses larmes coulèrent dans mes cheveux.

Sa souffrance était si intense qu'elle en était indescriptible. À deux, nous laissâmes nos sentiments émerger et nous pleurâmes Jason comme il n'aurait jamais voulu qu'on le pleure.

Peu à peu, ma respiration ralentit, et une terrible douleur prit possession de ma poitrine. Je m'éloignai d'Eli et le regardai avec détresse. Je sentais mon cœur battre à une vitesse irrégulière. Eli pressa mon bras, mais cela ne fit qu'accentuer le mal qui me rongeait.

— Avannah ? s'inquiéta-t-il d'une voix rauque.

Je me détournai, la main sur le thorax. Je ne parvenais plus à respirer. Autour de moi, tout bascula. Ma vision se brouilla et je priai le ciel qu'on vint me chercher, moi aussi.

La souffrance était trop grande pour que je puisse la supporte.

— Avannah ! hurla Eli.

Je tombai. Les mains de mon ami touchèrent mon visage. Un océan de ténèbres m'engloutit pour de bon, et jamais je n'en fus aussi soulagée.

Savannah, Jason, Eli

> « *On peut mesurer la magie d'une présence
> à ce qui disparaît avec elle.* »
> Alice Ferney

Il régnait une chaleur insupportable à Clarksville.

Le ciel était gris et menaçait d'avaler quiconque osait sortir. Je marchais d'un pas lent sur l'herbe jaunie par la sécheresse, les mains dans les poches, le cœur en proie à une souffrance sans nom. Le silence qui m'entourait était à la fois satisfaisant et pesant.

À part moi, personne ne rendait visite aux morts, aujourd'hui.

Un vent léger se leva et sembla me pousser. Je longeai les tombes sombres et fleuries sans les regarder. Je savais exactement où je devais me rendre.

— Jack, appelai-je.

Le malinois me rejoignit. Lui aussi connaissait le chemin. Nous l'empruntions depuis plusieurs jours déjà, et ce ne serait pas la dernière fois.

Jack courut devant moi et s'arrêta devant un endroit bien précis. Ses glapissements retentirent et il se coucha devant le petit monument.

Je m'accroupis à ses côtés et lui caressai le museau pour le réconforter. Il se frotta contre moi tandis que je contemplais une énième fois le nom affiché sur la pierre tombale.

JASON CLAYTON
1999 – 2020

Mes mains se mirent à trembler violemment et je me frottai les yeux pour empêcher les larmes de couler. Prenant une grande inspiration, je vidai le pot de fleurs pour changer l'eau. Jack grimpa sur la tombe et s'allongea dessus, glapissant de douleur. Cette vision me fracassa de l'intérieur.

Jason reposait aux côtés de sa mère, et je savais que c'était ce qu'il aurait souhaité. Je m'assis à même le sol.

Personne n'avait cru qu'il succomberait à ses blessures. Les médecins avaient appelé ça le *regain*. C'était rare, mais possible. Les patients les plus mal en point pouvaient avoir un dernier regain d'énergie. Leur état s'améliorait pendant quelques heures, laissant l'espoir reprendre le dessus, mais finissait par se dégrader complètement.

Durant cette phase, Jason avait été si souriant qu'il en avait été méconnaissable. Ses révélations sur la vie et ses promesses avaient été des signes bien distinctifs de ce syndrome. J'aurais dû me douter que quelque chose clochait, mais je n'avais pas eu le temps d'aller lui rendre une visite une dernière fois.

Je restai de longues minutes installé devant lui, à caresser Jack d'un geste rassurant et à me remémorer

268

les nombreux souvenirs avec mon meilleur ami. Ces derniers jours, une intense nostalgie avait pris possession de moi.

Au bout d'un interminable quart d'heure, je me forçai à me lever. Je hélai Jack qui se leva à contrecœur. J'aurais souhaité rester plus longtemps, moi aussi, mais nous n'avions pas terminé notre visite.

Le malinois me suivit sans grande motivation, le museau baissé. Au loin, j'aperçus une autre personne qui se recueillait, et cela me serra la gorge.

Le chemin fut court jusqu'à la prochaine tombe. Jack se remit à pleurer. Il l'avait appréciée dès son arrivée chez Jason. Comment la détester, de toute façon ? Elle avait été la personne la plus généreuse que j'avais connue. Elle aurait donné sa vie pour Jason.

Chaque lettre du doux prénom d'Avannah était gravée dans le marbre. Jamais je n'aurais cru qu'une telle chose puisse arriver ; à présent, je contemplais cette pierre plus grise que l'orage, et je constatai avec quelle force je m'étais attaché à elle.

Elle la lui avait donnée, quelque part. Sa vie. Incapable de supporter la mort de Jason, Avannah avait fait une cardiomyopathie, également appelée *syndrome du cœur brisé*. Aussi exceptionnel que le *regain*, sa souffrance avait été trop grande pour elle et son problème d'insuffisance cardiaque avait tout aggravé.

Une preuve de plus de l'amour qu'elle avait porté à mon meilleur ami.

La tombe d'Avannah était bien plus fleurie que celle de Jason. Je savais que Courtney, Charlie et Alice passaient régulièrement pour changer les fleurs. Après sa mort, ils étaient tous les trois venus s'excuser. Comme si ça pouvait changer quelque chose…

Avannah était aux côtés de sa mère qui, avant sa mort, avait demandé à reposer ici. Son père était resté plusieurs jours en ville après son enterrement, effondré, jusqu'à ce qu'il me demande de prendre soin de sa fille. Je lui en avais fait la promesse, conscient de l'épreuve qu'il vivait. Heureusement, je savais qu'il ne serait pas seul pour remonter la pente.

Je m'accroupis près de Jack. Les fleurs offraient des odeurs plus délicieuses les unes que les autres. Je me remémorai les paroles d'Avannah, son inquiétude pour Jason. Je l'admirais. Je n'étais pas sûr de pouvoir aimer quelqu'un aussi fort qu'elle l'avait aimé.

Jason avait été fou d'elle, aussi. À chaque fois qu'il avait posé les yeux sur elle, j'avais pu observer ses sentiments. Ses prunelles s'illuminaient d'un éclat à nul autre pareil.

Je posai ma main sur la tombe d'Avannah. J'aurais tant souhaité la remercier pour la façon qu'elle avait eue de le rendre heureux. En sa présence, Jason souriait toujours.

Je sortis une enveloppe froissée de ma poche arrière. Les infirmières me l'avaient donnée avec les autres affaire de Jason, après sa mort. Quelques heures avant le drame, j'étais allé la chercher chez lui pour la lui ramener à l'hôpital. Je n'aurais jamais cru qu'elle retomberait entre mes mains. Sur le papier était inscrit « *Avannah* » d'une écriture rapide.

Je l'ouvris avec délicatesse et dépliai la lettre. À plusieurs reprises, le stylo avait bavé, mais ça ne m'empêcha pas de la lire correctement.

Je toussotai, prêt à lui lire les mots que Jason n'avait jamais pu prononcer. Mes mains tremblèrent autour de la feuille.

« Avannah,

Tu as vraiment été la plus belle chose que j'ai pu contempler ces dernières semaines. Je n'aurais jamais cru revoir la petite fille qui habitait en face de chez moi. Pire : je n'aurais jamais cru la faire entrer dans mon tourbillon d'émotions.

Je ne voulais pas que tu y entres. La souffrance est une partie de moi, et je ne sais pas la contrôler. Aujourd'hui, je suis conscient des efforts titanesques dont tu as fait preuve pour m'aider. Je ne te remercierai jamais assez pour ça.

Mais tu sais, je n'ai jamais été fort. J'ai toujours préféré la facilité. Tu m'as comblé, Avannah. La vie que j'ai menée en ta présence a été la plus douce de mon existence, mais c'est de plus en plus difficile pour moi de la supporter.

Vis ta vie. Sois heureuse. Rencontre quelqu'un fait pour toi et prends soin de toi. Tu le mérites plus que personne d'autre.

Tu seras à jamais mon échinacée,
Jason. »

Les sanglots menacèrent de me submerger. Je m'accroupis au sol aux côtés de Jack qui me lécha la joue.

Ils s'étaient perdus tous les deux dans leurs tourbillons. L'un n'aurait pas pu vivre sans l'autre. Des âmes sœurs ne pouvaient se séparer.

Ils n'étaient pas parvenus à se sauver.

J'enfouis la lettre au milieu des fleurs pour que Jason soit à jamais aux côtés d'Avannah. Jack me poussa le bras et me montra du museau ce que j'avais apporté. Si j'avais su que je devrais faire ça un jour, je ne l'aurais pas supporté.

Contre la pierre, juste à côté de son nom, je posai un bouquet d'échinacées.

Remerciements

J'aimerais remercier l'équipe de Panda Jones qui a été extrêmement bienveillante avec moi et très accessible. Merci d'avoir accepté de publier cette histoire qui me tient tant à cœur et merci pour le travail effectué.

Je remercie Yacine, Noémie, Aurélien et, bien sûr, ma chère maman. Ils ont été les premiers à découvrir cette histoire. À l'époque, nous l'appelions *Un Bouquet d'Échinacées*. Vous avez été les premiers à qui j'ai brisé le cœur (après moi-même, bien sûr).

À tous ces lecteurs qui ont adoré la première version de ce livre et qui, je l'espère, seront fiers de constater le chemin parcouru. Merci également aux nouveaux lecteurs, en espérant que ce livre vous plaise, mais ne vous fasse pas trop pleurer.

Je garde le meilleur pour la fin. Rémy. C'est toi qui as insisté pour que j'envoie ce roman en maison d'édition. Sans toi, ce livre ne serait pas devenu ce qu'il est aujourd'hui et, surtout, je n'aurais pas réalisé ce second rêve. Quand je pense à cette histoire, j'ai les larmes qui me viennent. C'est sans doute le livre de ma vie, l'histoire que j'ai toujours voulu coucher sur le papier. Je te l'ai déjà dit de vive voix, mais aujourd'hui, je te l'écris. C'est toi, mon échinacée.

À propos de l'autrice

Marie Monier est une jeune auteure née en 1999 et qui aime écrire depuis son adolescence. Grande fan de fantasy et de fantastique, elle s'est plongée dans la lecture dès son plus jeune âge, notamment avec la saga *La Guerre des Clans* d'Erin Hunter. C'est cette saga qui l'a d'ailleurs embarquée dans le monde de l'écriture.

D'abord amatrice de RPG écriture, ce n'est que plusieurs années après qu'elle termine son premier roman : *Deux Épées contre le Mal*, publié en autoédition. Depuis, elle continue son voyage d'auteure entre l'imaginaire et la romance. En parallèle, elle suit une formation afin de se spécialiser dans la petite enfance.

Ses ouvrages

Deux Épées contre le Mal, tomes 1 et 2
Deux Épées contre le Mal : l'intégrale
Une Promesse pour Jaden, une nouvelle de Deux Épées contre le Mal
Dans l'Œil d'Edrea, tomes 1 et 2
Le Cœur d'Ankaa, tome 1, coécrit avec Vanya Stolarski

www.ingramcontent.com/pod-product-compliance
Lightning Source LLC
La Vergne TN
LVHW050552200726

843508LV00010B/1614